rio
profano

Lua Menezes

rio profano

Copyright © Lua Menezes, 2022
Copyright © Editora Planeta do Brasil, 2022
Todos os direitos reservados.

Preparação: Maitê Zickhur
Revisão: Bárbara Parente e Laura Folgueira
Diagramação: Márcia Matos
Capa: Departamento de Criação da Editora Planeta do Brasil
Imagem de capa: Serhii Bobyk/ Alamy/ Fotoarena
Imagem de miolo: rangizzz/ Shutterstock

Dados Internacionais de Catalogação na Publicação (CIP)
Angélica Ilacqua CRB-8/7057

Menezes, Lua
   Rio profano / Lua Menezes. - São Paulo: Planeta do Brasil, 2021.
   224 p.

ISBN 978-65-5535-609-0

1. Ficção erótica brasileira I. Título

21-5394   CDD B869.3

Índice para catálogo sistemático:
1. Ficção erótica brasileira

 Ao escolher este livro, você está apoiando o manejo responsável das florestas do mundo

2022
Todos os direitos desta edição reservados à
EDITORA PLANETA DO BRASIL LTDA.
Rua Bela Cintra, 986 – 4º andar
01415-002 – Consolação
São Paulo-SP
www.planetadelivros.com.br
faleconosco@editoraplaneta.com.br

Sumário

Prólogo
Margem　　　　　　　　　　　9

Parte I
Nascente　　　　　　　　　　15

Parte II
Leito　　　　　　　　　　　　69

Parte III
Meandro　　　　　　　　　　139

Parte IV
Foz　　　　　　　　　　　　175

Epílogo
Margem　　　　　　　　　　193

À Valeska, minha raiz.

Prólogo
MARGEM

Uma hora de carro até o aeroporto. A noite não tem estrelas e a estrada é escura, os postes mal iluminando o caminho. Paro em frente ao portão de embarque com o peito como uma bomba-relógio. Desço do carro e não sinto o chão, piso como que em lama movediça, na sola dos pés descalços a margem escorregadia da partida. Ele e ela desceram do carro antes de mim e ele a está abraçando, me encosto na porta do passageiro pra não cair, subitamente tonta, e fito o chão pra não ver quando eles se beijam na boca e roçam as línguas e se olham nos olhos e dizem coisas doces um pro outro. Engulo em seco. Ele se volta pra mim sorrindo e é a minha vez de entrar no seu abraço quente, meu corpo tem uma urgência terrível do dele; quando sinto seus braços me enlaçando, me sinto como que drenada, por isso bamboleio, as pernas sem forças, o coração espremido contra costelas que esqueceram como se expandir, por isso os suspiros doem e a respiração é só pela metade.

Entro silenciosa no seu abraço, como um pássaro procurando ninho, enterro a cabeça no seu pescoço e respiro o cheiro da sua nuca, abro os olhos e vejo seu rosto tão perto do meu, vejo seus olhos verdes, vejo as luzes estupidamente brancas do aeroporto queimando minhas retinas, *como a gente veio parar aqui?, e por que meu coração pesa uma tonelada?*, a gente se beija na boca também, sinto sua língua áspera passeando pelo céu da minha boca, amoleço um pouco, poderia me perder aqui, poderia ficar aqui pra sempre, mas é um beijo rápido, então ele está dizendo que me ama e se cuida, e eu estou olhando pra ele como que anestesiada, pensava que esse seria o momento de desabar em pranto & drama, mas estou seca, um sertão sem fim, esboço um sorriso débil que também é só pela metade, pego no seu rosto com mãos frias e digo te amo e se cuida, e nesse momento não quero nada além de mergulhar no limo dos seus olhos e sustentar esse olhar até que todo o aço e ferro platinado desse aeroporto se derreta diante do calor do nosso amor, quem sabe as hélices dos aviões se derretam também e ele não vá a lugar algum e descubra finalmente que o maior voo é esse de quando se salta da margem do medo.

Mas o aeroporto não derrete e ele não vai deixar de ir embora, então ele me dá um beijo na testa e se abaixa pra pegar a mochila surrada, surrada como tudo que é dele, e eu, surrada também, dolorida no corpo inteiro, penso fracamente que toda força que a gente, eu e ele, poderia gerar há de ficar também pela metade, então ele se afasta, sorrindo e acenando pra nós duas, eu estou fincada no chão como um poste, dura, seca e sem emoção.

Quando ele já está a alguns passos de distância, ela vem pra perto de mim e pega na minha mão, as luzes do aeroporto continuam piscando, piscando, piscando, e ele finalmente some por debaixo da placa de embarque, as portas automáticas se fecham e de repente sinto o frio do chão sob meus pés descalços, lembro que não estou pisando em areia movediça, lembro que esse delírio coletivo que vivemos acabou, lembro que não tem rio nem poesia em que mergulhar – há apenas a realidade e sua dureza de concreto e meus olhos secos e a garganta apertada e ele sorrindo & partindo. Ele já partiu.

Ela me olha com piedade, como se quisesse me consolar, mas não sabe o que dizer. Entramos no carro em silêncio e dirijo de volta pra casa com a bomba-relógio ainda dentro do peito.

Parte I
NASCENTE

— Teu corpo é uma violência, Mel — ele me diz enquanto passa a mão grossa pelas minhas costas e eu, de quatro, chupo o seu pau.

Sinto-o abrigado na minha boca, olho pra ele e o vejo, a tatuagem do lado direito do peito, a pele lisa, o cabelo curtinho, raspado, a barba ruiva, *faz quanto tempo desde a última vez?*, não pergunto porque estou com a boca cheia, ele sorri todo delicioso, ele sorri sempre, inclusive trepando, e cada sorriso seu é uma pontada no meu ventre, que se contorce diante da montanha de músculos e dentes que ele é.

Quando ele goza, engulo tudo com especial dedicação, a dedicação que os velhos amigos merecem. Tomo o cuidado de limpar o tantinho de porra que escorreu com a ponta do dedo e depois chupo o dedo com ares de inocência, fingida e delicada, como se chupasse qualquer coisa doce. Deitamos no chão um do lado do outro e, enquanto ele suspira de olhos fechados, tiro o diário de dentro da bolsa. Ele não estranha o meu movimento, já sabe que o diário é meu caso de amor mais antigo.

Andei sem escrever por um tempo e adiei a retomada da escrita, sem saber por onde recomeçar, por onde desaguar tanto desejo, tudo sempre tão imperativo, impossível de represar, é aqui, no branco do diário que nasce a minha mais bruta liberdade, e, por isso, quando ele me diz que meu corpo é uma violência, isso me toca fundo e escolho começar o novo diário assim: com um corpo violento de tanto sentir.

Não é violento querer sempre tanto, com tanta gana? Escrevo essa pergunta no diário. Escrevo sobre nunca ter sabido ser dessa espécie morna de gente, que não arde nem queima, que almeja pouco, sem seiva, sem pulso, sem carne, sempre desprezei as águas paradas, só me satisfaço quando arrastada pela correnteza, quando com o coração incendiado e o ventre em chamas.

É quase ano novo, e no começo de janeiro me mudo pra casa na praia, o que me dá a sensação de recomeço, de nascer outra vez no mesmo corpo. Irônico, pra não dizer contraditório, começar o diário novo com Gabriel, que é uma paixão velha, mas ele se renova a cada encontro, como eu me renovo, como tudo se renova – a infinita dádiva de nada nunca ser o mesmo.

– Como a gente veio parar aqui? – pergunto em voz alta, retórica, me espreguiçando suada sobre a madeira do palco, ele sorri pela milésima vez e imagino se está relembrando as voltas que já demos, peritos na arte do desencontro. Ele encontra sua resposta num samba:

– O mundo é um moinho, Mel.

– Eis a beleza dele, ser eternamente mutável – respondo.

– Algumas coisas permanecem – ele advoga.

– Permanecer é inevitavelmente se alterar – argumento.

Já é madrugada e está tarde pra filosofias, ou talvez cedo demais, encosto a cabeça no peito dele, observo o seu rosto, a barba ruiva, os dentes brancos sempre sorrindo, me sinto amenizada pelos orgasmos, mas pela primeira vez não me sinto apaixonada. Não como antes. Esta é uma alteração que eu não previa, ele sempre me deixou tão nervosa com sua presença sólida, sua inteligência afiada, seu corpo de lutador.

Lembro-me do nosso primeiro encontro, anos atrás, eu e ele numa mesa de bar, eu tentando disfarçar a baixa autoestima, achando-o lindo demais, mas aos poucos fui relaxando porque passamos a noite conversando sobre nossos livros e autores favoritos. Ali eu comecei a conhecê-lo, por meio das coisas que ele amava: a literatura, o samba e a luta.

Lembro que foi ele que me levou pra uma roda de samba pela primeira vez, na periferia da Redinha. Foi ele que eu beijei no ano-novo de três anos atrás, em Pipa. Nessa época a gente ainda andava de mãos dadas e não falava sobre o futuro.

Lembro que sempre amei o pau dele. Primeiro o sorriso, depois a inteligência, depois o pau. Foi assim a ordem das coisas que comecei a amar nele, a ordem na qual as conheci. Amo o jeito como ele sempre me pegou, seus golpes de jiu-jitsu, sua maestria em me pegar no colo e me jogar de um lado pro outro sem que eu nem perceba o movimento, como se eu fosse qualquer coisa muito leve.

Amo a absoluta obsessão que ele sempre teve pela minha bunda, o quanto ele sempre exaltou meu corpo, mesmo quando eu ainda pensava tão pouco dele. Na última vez que estivemos juntos, nem sei quantos meses atrás, saí roxa e golpeada, manchas roxas no pescoço, nas coxas e numa das nádegas a marca precisa da sua arcada dentária, que levei pra casa como um troféu e fiquei admirando no espelho.

Mas dessa vez não estamos na cama, estamos deitados no palco do teatro que administro e hoje algo entre nós é novo. Beijo-o como tantas vezes já beijei, mas não desfaleço como tantas vezes já desfaleci, e nesse desconsolo me sinto estranhamente liberta, depois de tantos anos presa a ele, ao sentimento de que não demos certo – sentimento que esteve presente em todos os nossos encontros ao longo desses três, quatro anos de encontros e desencontros. Encontros fortíssimos, devo dizer, mas nunca suficientes, porque eu o desejava como um Carnaval que durasse o ano inteiro e ele era um bloquinho que cruzava a minha rua e passava, me deixando só com a nostalgia do samba que passou.

No começo a gente foi um Carnaval inteiro: alguns meses de um relacionamento a que ninguém ousava dar nome. A época do ano-novo em Pipa em que andávamos de mãos dadas e éramos duas crianças orgulhosas. E foi por causa de orgulho e má comunicação que a gente parou de andar de mão dadas e passou a se desencontrar na vida. Mas sempre houve alguma coisa que me puxou pra ele e ele pra mim e, apesar dos muitos desencontros, uma hora nossos corpos se pediam e explodiam juntos.

Hoje foi assim. Meu corpo pediu o dele. Depois de praticamente um ano e meio sem nos vermos, trouxe-o pro teatro que é minha segunda casa, puxei as cortinas vermelhas e fechei nós dois no meu templo, deixei ele me conduzir ao centro do palco e tirar toda minha roupa e, quando ele me disse pra eu me entregar, ele não poderia ter acertado mais na escolha das palavras, porque era isso que eu queria e precisava – me entregar.

Ele me pegou pela mão e me fez dar uma voltinha pra então dizer (sempre sorrindo) *você é um espetáculo*, aí se abaixou e mordeu minha bunda e me lembrei daquela marca de meses atrás, me lembrei de como meus olhos olhavam pra ele como se ele fosse um milagre, e hoje, enquanto rolávamos pelo palco gemendo & trepando, ele já não estava tão alto, ele já não estava no altar onde sempre o coloquei, ele desceu, ele agora é indolor, é o Carnaval que passa. E passa.

A verdade é que nesses anos em que nos conhecemos e nos desencontramos, namorando outras pessoas, transando loucamente nas brechas de um relacionamento e outro, depositei nele as esperanças do amor que sempre desejei e projetei nele o que faltava nos meus namorados. Vi nele o homem forte que eu *queria* amar, não um menino, como esses que andei amando, um homem, um homem capaz de me aparar nas minhas quedas, e sinto que caio tanto, caio o tempo todo, só eu sei o quanto vacilo, o quanto é uma montanha-russa dentro de mim, o quanto ainda não sei lidar com minhas emoções... E os braços dele, tão fortes, o sorriso tão sincero, o peito tão espaçoso, como não achar que poderia caber aqui?

Nessa noite o que ainda não sei é que essa firmeza que procuro nos homens é a firmeza que não sinto em mim – e como não sei que estou procurando, projeto pra fora. Nessa noite o que sei é o que ele me conta, que não sabe o que fazer, terminou a faculdade de direito, mas não quer seguir carreira, não sabe se vira professor de jiu-jitsu ou estuda pra um mestrado em letras, voltou pra casa da mãe e não tem destino – e o que escuto é que ele está tão perdido quanto todos os outros.

Quero alguém que me mostre caminhos, mas ele ainda está descobrindo os seus. Tem uma parte de mim, do meu ego, da minha arrogância, que acha que sabe pra onde está indo e quer um homem que também o saiba, tem outra parte de mim que simplesmente... clama por guiança.

Ao ver Gabriel sincero e vulnerável, me coloco subitamente numa atitude superior – tiro-o do altar e no espaço vazio coloco a mim mesma. Ele me fala dos seus conflitos, e sem perceber faço dentro de mim uma operação mesquinha: em vez de me conectar com ele por meio da empatia, uso suas confissões contra ele, escuto o que ele diz e penso, *tadinho, tão perdido, não é quem eu esperava*, e isso me distancia dele. O que eu ainda não sei é que ele não é responsável por ser quem eu esperava que ele fosse, que fui eu que criei e projetei milhares de coisas nele, mas tudo isso ainda é inconsciente.

O que eu sei agora é que não estou me sentindo apaixonada, e é a primeira vez que estou com ele e não me sinto apaixonada. Quase me dói perceber que já não sou mais hospedeira dessa paixão, porque gostava da embriaguez que vinha com ela e perdê-la é como perdê-lo; durante todos esses anos eu tive (pelo menos) a sombra de Gabriel, a miragem de um paraíso possível, gostava de fechar os olhos na cama à noite e adormecer imaginando mil quadros de nós dois, imaginar que um dia os planetas iriam se alinhar e a gente talvez vivesse o amor que sempre pressenti que poderia ser nosso, gostava de esbarrar com ele em alguma festa e sentir meu coração sambar, mesmo quando eu estava comprometida e ele também, gostava de escutar aquele álbum do Caetano, ou aquela música do Curumin que um dia ele me mandou, e ser acometida por uma saudade dolorosa, mas não insuportável, gostava de ler uma página amarelada de algum diário antigo e encontrá-lo lá, gostava de passar meu tempo construindo ilusões intricadas de um futuro possível com ele, era um calor bom que me dava por dentro – agora estamos nus no chão do meu teatro e de repente já não há nada que me leve a tecer essas miragens com as quais gostava de me distrair.

Mais tarde, no futuro, vou entender que precisei não só tirá-lo do altar como profaná-lo um pouco – pra poder me libertar do que sentia por ele. Mais tarde, no futuro, vou entender que ele nunca me prendeu nem me ofereceu falsas esperanças, fui eu que me prendi a ele.

Por enquanto sei que isso é um fim, me digo que o encanto se quebrou e que não posso amar um homem perdido – estou muitíssimo enganada. Posso sim amar um homem perdido, mais do que consigo imaginar. Por saber menos do que acho que sei, sinto a despedida, largo o diário, monto em cima dele comovida, estou dizendo adeus e ele não sabe, ele está sorrindo, as mãos entrelaçadas na nuca, mais bonito do que nunca, embelezado pelas lentes da despedida, beijo-o e sinto seu pau crescendo de novo debaixo de mim, começo a rebolar em cima dele, provoco, dou meu peito pra ele chupar, ele fica duro feito pedra e eu, molhada feito água – deixo no seu pau um fio transparente, o rastro do meu cio. Alcanço seu pau com uma das mãos, pincelo sua glande por entre os lábios da minha buceta e sento d e v a g a r, sentindo cada centímetro que ele preenche.

No ápice do sentimento de despedida olho pra ele mais uma vez e algo sobe do meu ventre até o peito, é uma coisa forte que me toma inteira, uma febre súbita, talvez seja o resto de amor que tenho por ele, então penso, com o pensamento estilhaçado pelo êxtase, que não é o corpo que é uma violência... o amor é uma violência, uma violência doce, penso que gostaria de lhe dizer isso antes de nos separarmos novamente, penso, mas não digo, porque como posso lhe dizer *eu te amo* e *esse é o fim* ao mesmo tempo?

Cavalgo, ele morde meus mamilos com todos aqueles dentes que ainda sorriem, viro de costas porque sei que ele ama o espetáculo da minha bunda abocanhando seu pau conforme subo e desço, subo & desço, subo & desço, escutamos um barulho de água correndo, sou eu encharcada, gozando quase chorando, e sinto escorrer entre as minhas pernas as águas mornas do meu rio, que lava o pau dele dentro de mim, ele se enfia fundo e goza também – chegamos ao fim. Ele sorri, orgulhoso. Eu sorrio, liberta.

• • •

Janeiro acabou de começar e no ar paira o cheiro de ano novo. Essa é minha primeira noite dormindo na casa em Pium, posso ouvir o interior das coisas: as madeiras estalando, o farfalhar das árvores e dos insetos, o vento atravessando as venezianas, entrando pelos buracos da casa – é um vento que vem pesado de maresia, umedecendo o chão, a pele, os azulejos, as superfícies todas estão banhadas de peixes e não sabem. Eu sei.

Ouço os ruídos da casa, ouço os ruídos do meu interior: é festa dentro de mim. Uma festa silenciosa e solitária, mas ainda assim uma festa, porque sempre quis morar perto do mar. Essa casa caiu no meu colo do nada: um dia uma amiga atriz chegou ao ensaio dizendo que o ex-marido alemão, de quem ela ainda é amiga, iria passar uma temporada na Alemanha e precisava de alguém pra cuidar da sua casa e da sua gata nos meses que passaria fora. Do outro lado do palco, ouvi e me voluntariei... aqui estou.

Não escuto nada além dos grilos e do barulho das ondas e por isso me sinto pacífica. A casa é muito aberta, com paredes brancas, janelas generosas e escadas de madeira; no térreo ficam a sala, a cozinha e uma varanda que dá pro jardim; no primeiro andar, um mezanino, dois quartos e um banheiro; no outro andar, uma suíte.

Escolhi a suíte. Lá em cima me sinto como uma princesa na sua torre, olho pra baixo e contemplo tudo como se fosse tudo meu, meu reino tropical, meu pequeno paraíso, de um lado dunas & coqueiros, do outro mar & imensidão.

A casa é grande demais pra uma pessoa só, a cidade fica a trinta minutos de distância de carro, e entre mim e meus vizinhos há jardins densos que nos separam e afastam. Me sinto terrível e maravilhosamente sozinha. Lá de cima olho o jardim que anda abandonado, vestido com um tapete de folhas secas e formigas, mas ainda assim acho bonito, vejo beleza nesse abandono, no cajueiro que segura um balanço em um dos galhos. Eu escolhi esse abandono, esse exílio, porque quero saber que gosto tem a minha solidão.

Sinto o chamado da solidão, caminho em sua direção porque sei que preciso, intuo que há aqui algo meu e pra mim. Abro uma garrafa de vinho, beberico no gargalo, contemplo o silêncio, tiro o diário da bolsa e passo os dedos pela capa, quase como um carinho. Abro o diário, me vejo, sinto a textura das páginas cobertas pelas minhas letras miúdas, afundadas no papel, minha escrita fervorosa e apressada – tenho uma pequena iluminação: escrevo como vivo, fervorosa e apressada.

. . .

Acordo sozinha no alto da minha torre. É de manhã cedo. As ondas continuam quebrando na praia ao longe. Os passarinhos já acordaram. Ainda estou pensando sobre a solidão. Anos atrás morei fora e viajei sozinha por alguns meses. Foi nesse tempo que senti pela primeira vez o seu gosto. Foi nesse tempo que descobri que podia gostar da minha própria companhia. Mas acho que, de lá pra cá, perdi o gosto da solidão pelo meio do caminho. De lá pra cá, me apaixonei demais, me colei demais nas paixões, esqueci a graça e a importância de ficar só, fiquei com tanto medo de perder os outros que me perdi de mim, me adaptei demais, fiz muitas concessões, me esforcei pra ser o que desejavam e acabei dando mais do que podia.

Estou cansada de esconder quem sou. Cansada de esconder meu fervor, a minha fome, a fome da minha buceta. Cansada de me fazer menor, menos assustadora pros homens. Cansada de achar que se eu me mostrar como verdadeiramente sou não serei amada. Mas quem sou eu verdadeiramente? Levanto com uma clareza: é pra saber quem eu sou em minha inteireza que estou aqui, só.

• • •

Se por um lado escuto o chamado da solidão, por outro escolho o caminho dos encontros – não é à toa que escolhi ser atriz, o teatro é a arte do encontro. Vai ser no teatro que a encontrarei pela primeira vez.

Quando a peça terminar e as luzes se acenderem, farei uma reverência de agradecimento, passarei os olhos pelo público agradecendo com um sorriso e meus olhos cruzarão com os dela, mas não adivinharei nada do que vai acontecer. Um dia, num futuro não tão distante, ela me dirá que as melhores coisas são aquelas que não antecipamos – e estará certa.

• • •

A peça termina. As luzes do teatro são quentes. Estou ensopada de suor, cheia de vinho na cabeça porque a peça se passa num banquete e bebemos vinho real em cena, apertada no figurino, um longo e pomposo vestido de rainha, no cabelo embaraçado uma coroa tosca de plástico, dessas de aniversário de criança. O público no escuro bate palmas. Eu e os outros atores fazemos uma reverência, agradecendo. Estou de mãos dadas com Armando, que está de mãos dadas com Caetano, que está de mãos dadas com Betina.

Aos poucos, as palmas vão diminuindo e o público começa a dispersar. Armando é o primeiro a me abraçar, com sua capa de rei e a maquiagem dourada derretendo, logo Caetano chega no abraço, tirando a máscara de bobo da corte e revelando olhos tão alucinados como os do personagem do qual ainda não conseguiu se despedir, por fim vem Betina com o sorriso plácido de quem fez um bom trabalho, usando um longo vestido de veludo preto costurado com penas também pretas – no meio desse abraço suado e de tantos braços, o burburinho do público ainda ecoando no teatro pequeno, sinto uma satisfação que não cabe em mim.

Essa sensação é um dos motivos pelos quais escolhi o teatro, é uma sensação orgástica – ao final de cada apresentação, me sinto como depois de gozar, conectada com algo maior, com forças dionisíacas. Atuar, pra mim, é um ato ritualístico e meditativo, no palco consigo o que não consigo ainda na vida: me despedir da minha ansiedade e viver o presente. Vivo cada fala, cada gesto sem me preocupar com o que virá em seguida.

E quando sinto que o público sente, quando vejo lágrimas, sorrisos, olhares atentos, quando alguém se emociona e vem falar comigo com a voz embargada meu peito aquece e expande e tenho certeza de que ser artista é missão nobre no mundo. Talvez seja isso o que mais amo e procuro, afetar e ser afetada – apesar de todos os pesares ainda conseguimos nos emocionar, ainda conseguimos lembrar que somos humanos e nascemos em corpos feitos pra sentir.

Nessa noite, ela, que me fará sentir tanto, está entre o público. No final da peça, sempre tem quem se demore pra falar com os atores. Ela se demora. Mesmo eu estando suada e melada de vinho, ela não hesita em me abraçar e dizer que adorou tudo, mas tem tanta gente ao meu redor, pegando nas minhas mãos, parabenizando pela luz-o-figurino-a-ousadia-de-vocês-tudo-lindo, e estou tão tonta por causa de todo o vinho que bebi durante a apresentação que agradeço os elogios dela sem prestar atenção.

Estou distraída e ela chega de mansinho, mal gravo o seu nome, mas logo será o nome mais doce na minha boca.

• • •

Eu, Betina, Caetano e Armando saímos do camarim, onde trocamos de roupa e secamos o suor o melhor que podemos. O resto da equipe, diretor, iluminador, produtor e fotógrafo nos esperam do lado de fora do teatro. O teatro fica na Ribeira, bairro histórico, de boemia, prostituição e arte. Ela está conversando com o produtor, é amiga dele. Estamos todos animados e falando um por cima do outro, foi uma boa apresentação.

Rumamos pra um bar qualquer e chegamos escandalosos, falando alto, rindo. Caetano, que além de ator é bailarino, vai até o balcão dançando por entre as mesas. Volta segurando uma cerveja gelada numa mão e equilibrando copos na outra. Armando e o diretor querem repassar os erros e acertos da peça. Eu me recuso, *é sexta-feira, meu povo*. Betina concorda comigo e iniciamos um pequeno motim contra trabalhar em mesa de bar.

Caetano enche os copos. Falo em voz alta que é hora de brindar, não gosto de cerveja, mas não nego um brinde.

– A Dionísio! – digo.

– Quem? – a amiga do produtor pergunta.

– Dionísio, o deus – alguém responde.

– Que deus? – ela não sabe.

– Você nunca ouviu falar de Dionísio? – pergunto, chocada.

Ela balança a cabeça negativamente.

– Dionísio é o deus grego do teatro, do vinho e das orgias, entre outras coisas mais – explico.

– Como nunca me apresentaram esse deus antes?! – ela pergunta rindo, e todo mundo ri.

Percebo o quanto ela é bonita, os longos cabelos castanhos, a pele cor de canela, os seios fartos. Então o produtor fala:

– Mel, acho que você é a pessoa perfeita pra apresentar Dionísio a Riana – ele fala com um sorrisinho malicioso, olhando de uma pra outra.

Riana. Esse é o nome dela.

• • •

Estamos numa festa e dançamos coladinhas a noite inteira. Sinto o perfume e o suor da sua nuca. Seus lábios são finos. Sua língua é macia. A perna dela está entre minhas coxas e a minha, entre as dela. De vez em quando, apertamos a coxa uma contra a buceta da outra. É um calor macio que sobe. Nos beijamos devagar, como se a noite não tivesse fim.

Depois da festa, levo-a pra casa na praia pela primeira vez. Subimos as escadas até minha torre, suadas da festa, da dança, do calor, tiramos a roupa e vamos direto pro banheiro tomar um banho gelado enquanto a manhã nasce como que se espreguiçando.

Olho Riana nua, molhada, os longos cabelos castanhos na frente dos seios, a própria Iara saída do rio, e assisto às gotas d'água escorregarem pelas curvas do seu corpo. Todos os seus gestos são leves e acompanhados de um sorriso sereno.

Deitamos nuas no colchão enorme, no meio do quarto que não tem muito: apenas esse colchão no chão, um pôster do Toulouse-Lautrec, um divã azul e o armário de bambu onde minhas roupas repousam em perfeita desordem. O quarto tem três paredes cobertas por janelões de madeira cujas venezianas fazem o vento se dobrar e assobiar aqui dentro num lamento sonífero e pacificador. O mundo inteiro está dormindo, a gente não.

Deito com as costas no colchão e ela de ladinho, olhando pra mim, percorrendo meu corpo com seu olhar de raposa. Sua boca se mexe pra dizer que sou uma mulher maravilhosa, que meu corpo é perfeito; com a ponta dos dedos, ela acompanha o desenho dos meus seios, como maçãs, ela diz, a fruta da perdição, então desce os dedos pelas minhas costelas, cintura, baixo-ventre, então ela olha pro meu sexo e abro as pernas, suspirando e mordendo a carne do lábio enquanto ela me observa.

Ela afasta o cabelo do caminho e encaixa tão delicadamente a boca na minha buceta que gemo um gemido de surpresa, lambe a virilha, os lábios, a buceta inteira, leve, leve como só uma mulher é capaz de ser, procura o clitóris e ali fica, chupando pacientemente enquanto o sinto inchar na sua boca, olho pra baixo e ainda não me acostumei com essa visão, uma mulher me chupando!, é um espetáculo de uma beleza suave e selvagem ao mesmo tempo, terrena e vaporosa.

Ela enfia um dedo, peço dois, ela enfia dois, peço três, e assim prenuncio o orgasmo, devagar, como se viesse dos pés, subisse pelas pernas e aquecendo o corpo todo, gozo longamente e sem afobação, aproveitando cada descarga, cada pequeno estouro.

Ela me olha com a boca lambuzada de saliva e de mim, e quando a beijo sinto na sua língua o meu gosto, *meu gosto na boca de uma mulher*. Tiro o seu cabelo do rosto, e seu rosto é macio como tudo que é dela. Deito-a no colchão delicadamente, ainda afastando os nossos cabelos que insistem em se confundir, nós ruivos e castanhos, eu cheirando a maracujá, ela cheirando a cacau.

Quando me aproximo do seu sexo, sinto o cheiro forte entre suas pernas e é um cheiro que me inebria, olho pra ela, deitada no meu colchão como uma fruta que despencou do pé, a encarnação da própria mãe natureza.

Lambo os dedos e molho sua buceta com a minha saliva enquanto ela sorri um sorriso quase imperceptível.

    Fico ali rodeando a ponta do meu dedo sobre seu clitóris, é quase um não toque, leve e sem parar, ela geme baixinho, ao contrário de mim, que faço escândalo. Desço pra chupá-la e amo absolutamente tudo, o cheiro, o gosto, a textura. Quando enfio meus dedos dentro dela, descubro que nós, mulheres, já nascemos fervendo por dentro. Não demora pra que suas pernas tremam e seu corpo se convulsione no ápice de um, dois, três orgasmos. Ela goza tão fácil.

    Rimos um riso baixinho, no volume do vento e das ondas. Deito meu corpo ao lado do dela, somos quase da mesma altura, mas ela tem mais carne, um corpo mais cheio, de musa renascentista, de curvas voluptuosas. Pouso a cabeça entre seus seios, passo a perna por cima dela, encostando meu sexo na sua pele morena & morna – encaixamos uma na outra numa conchinha perfeita.

    Ela é minha primeira mulher.

• • •

Convido alguns amigos pra passar o fim de semana comigo na casa na praia. Estamos todos deitados no tapete da sala entre almofadas, cinzeiros abarrotados & xícaras vazias que enchemos continuamente de vinho tinto, as portas da varanda estão abertas e é uma tarde linda de domingo lá fora, do cajueiro do jardim pendem cajus suculentos, nas folhas verdes brilha a luz do poente, e

Betina, que é apaixonada por música, especialista em caçar bandas desconhecidas e ritmos embalantes, coloca uma tropicália pra tocar, Caetano bola um baseado enquanto somos embalados pela música e, observando o cajueiro do jardim, chegamos à conclusão de que as folhas dançam no ritmo do vento e que Manoel de Barros estava certo sobre tudo.

Riana e uma amiga atriz, a quem chamamos de Madame Cucu, também estão aqui. Madame Cucu, que nunca, nunquinha ficou com homem na vida, bateu palmas orgulhosa quando soube que eu estava me relacionando com uma mulher e logo decretou que seria minha *personal* conselheira pra assuntos lésbicos. Conversamos sobre as descobertas desse caminho e a principal delas, é claro, é a buceta, a origem do mundo. Apesar de eu já ter ficado com outras mulheres, Riana foi a primeira mulher com quem transei, a primeira buceta que vi de perto além da minha.

– Eu não fazia ideia de que a gente era tão quente por dentro! – Essa é minha primeira observação, e Madame Cucu balança a cabeça positivamente, com ares de sabedoria. Continuo: – A buceta me desconcerta, me fascina, é tão mais intrigante que o pau, pau é uma coisa objetiva, pode ser mais pra um lado, mais pro outro, menor, maior, mas continua sendo uma coisa que segue uma direção clara, enquanto a buceta é um mistério que se desdobra pra dentro e pra fora, cheia de cheiros & pétalas.

– Mas não é um mistério insondável – diz Madame Cucu.

— Definitivamente um mistério que não somos ensinadas a explorar — acrescento.

Betina conta como por muito tempo não sabia se tocar nem gozar sozinha. Relembramos gargalhando o dia em que eu, no corredor da faculdade, lhe dei o passo a passo de como usar o chuveirinho do banheiro como mediador desse grande ato de autoconhecimento que é a masturbação, todos rimos, mas silenciamos em seguida porque percebemos que no fundo é também um pouco trágica a ignorância das mulheres sobre o próprio corpo.

Riana conta a história de uma amiga que comprou um vibrador e que quando o namorado viu não só deu um escândalo, chamando-a de puta e tudo mais, como mandou que ela jogasse o vibrador fora.

— E ela jogou?! — eu, Betina, Caetano e Madame Cucu perguntamos todos ao mesmo tempo.

Riana aquiesce com pesar.

— Sim, jogou.

Fazemos um minuto de silêncio pela morte do vibrador e por mais uma violência contra a mulher.

— Bem-vindas à sociedade falocêntrica. — Caetano ergue a xícara num brinde irônico, mas o faz muito rapidamente e deixa cair vinho no tapete.

Levanto pra ir até a cozinha pegar um pano pra secar.

— Isso é de propósito — digo. — Isso de fazer do nosso corpo um desconhecido. É estratégia pra nos enfraquecer, pra que nós, mulheres, não descubramos o quanto nosso corpo é potente... pra gozar, pra parir, pra sonhar, pra realizar. Essa tentativa de nos privar do nosso gozo, não só o gozo sexual, mas nosso gozo de viver, é por medo. Medo de que a gente acesse a nossa força pela força do orgasmo. Aí nos dizem que a força é qualidade masculina e nós somos "o sexo frágil".

– Mas os dias do falo estão contados. E essa onda conservadora que estamos vendo é isso. É medo da revolução – fala Madame Cucu.

– O reinado da buceta está começando – Caetano profetiza e, apesar de ser o único aqui com pau, está convencido que o reinado da buceta será mais justo.

A tarde continua caindo, já estamos no terceiro ou quarto baseado, não sei, sei que estamos aqui desde ontem à noite, bebendo vinho & filosofando, dançando & alimentando o afeto, protegidos na nossa bolha de amizade e profunda aceitação, conversando sobre tudo, desde putarias infindáveis a formas possíveis de cambiar a bagunça do mundo.

Estou deitada no colo de Riana e ela faz um carinho no meu cabelo, levanto os olhos e fico contente de vê-la assim, confortável, já tão familiarizada com meus amigos – e já adorada por todos. Não existe uma realidade em que ela não seja amada, ela irradia uma coisa sem nome, pura e leve e simples que todo mundo sente.

Como boa taurina, suas duas coisas favoritas são transar & comer, então, quando a fome começa a bater, é ela quem levanta, vai na cozinha e volta com uma bandeja cheia de frutas. Lembro o que um ex-namorado me disse um dia: que o sabor não está na boca nem na fruta, mas no encontro da boca com a fruta – sempre achei isso bonito. Compartilho com ela. Ela me dá um beijinho e diz:

— Se você fosse uma fruta seria uma manga-rosa: suculenta, carnuda e doce.

• • •

Riana e eu temos um melhor amigo em comum, Pietro, ariano, gay, fotógrafo – provavelmente ele se descreveria com essas três palavras. Ele está começando a fotografar nus e um dia nos convida pra um ensaio fotográfico. Estamos no apartamento de Riana bebendo vinho, experimentando lingeries, fotografando e conversando sobre amor, putaria e antigos relacionamentos. Falo de Gabriel e descubro que Riana já teve um casinho com ele.
— Ele trepa sorrindo — eu digo.
— É uma delícia.
Nós nos olhamos em silêncio. Estamos descobrindo uma comunicação telepática potente e eficiente: crescem sorrisinhos maliciosos no meu rosto e no dela que dizem exatamente a mesma coisa.
— Você acha? — ela pergunta não mais telepaticamente, mas em voz alta.
— Acho — respondo, sentindo um súbito formigamento.
— Se tem uma pessoa certa pra isso, é ele — ela pondera.
— É ele.
— Quando?
— Hoje.
Ela arregala os olhos.

– Ah, Mel, como você é ariana!

– A vida é agora.

Continuamos nos olhando, meio assustadas, meio animadas, no silêncio entre nós a pergunta implícita de se vamos *mesmo* fazer isso, se vamos mesmo fazer isso *hoje*. Miro-a enfaticamente e ela entende que sim, *vamos mesmo fazer isso hoje*.

Pietro, que acompanhava a conversa calado e distraído clicando sem parar o botão da máquina fotográfica, finalmente entende do que se trata. Então dá um grito, larga a câmera por um instante e começa a colocar lenha na fogueira. Ele sugere que mandemos uma das fotos que ele acabou de tirar pra Gabriel, nós duas assim, como quem não quer nada, de espartilho e meia-calça.

– Duvido que ele não venha – diz Pietro com toda sua assertividade de ariano.

Parece um bom plano, mas só me importa que seja um plano. Sem pensar muito, mando a foto, e assim que o faço Riana e eu começamos a rir de nervoso, sem acreditar no que acabamos de iniciar, e Pietro ri do nosso nervosismo.

Enquanto esperamos a resposta de Gabriel, ficamos afobadas e rindo por tudo, ele nos liga pouco tempo depois e na sua voz há completo desentendimento, ele balbucia perguntas bobas tipo *Como vocês se conheceram? O que vocês tão fazendo?* e tudo que respondemos é *vem pra cá, temos vinho* – e ele diz que está vindo.

Trancamos Pietro num dos quartos, o que ele aceita um tanto quanto contrariado, pedindo pra gente o deixar fotografar tudo. Quando a campainha toca, apesar de estarmos no apartamento de Riana, sou eu que abre a porta – só pra confundir Gabriel um pouquinho mais. Estou só de calcinha e um robe aberto, por puro capricho e maldade.

– Pode entrar.

Ele sorri e, por trás do sorriso, consigo ver que ele está em choque diante da situação. Ele entra e Riana está na sala de calcinha e sutiã, conversamos coisas quaisquer e desimportantes, a conversa toda muito vaga, ninguém acreditando no que está acontecendo ou vai acontecer, o ar de repente pesado, mas sem tocar o chão, então, antes que alguém fale qualquer coisa razoável, eu não aguento e beijo Gabriel – é um beijo delicioso que tem gosto de mistério e familiaridade ao mesmo tempo.

Quando eu e ele nos descolamos, Riana se aproxima e o beija também, quando eles se descolam, eu e Riana nos olhamos rindo e nos beijamos sentindo os olhos dele ardendo em nós duas. Como acabamos o vinho, Riana vai até a cozinha e volta com uma garrafa de champanhe, que diz que estava guardando pra uma ocasião especial. Eu e ela nos beijamos de novo e o escutamos dar um gole longo no champanhe mesmo depois de ter dito que não beberia porque está dirigindo, obviamente mudou de ideia ou precisou de coragem ou entendeu que passará a noite aqui ou parou de pensar no futuro e se jogou no presente, seja como for, eu e Riana abrimos espaço no nosso beijo pra que ele venha e ele vem, trêmulo, mas já duro debaixo da calça e sem parar de sorrir, nos abraçamos os três e nos beijamos os três numa confusão esplendorosa de línguas e lábios. O champanhe é completamente esquecido e jaz na mesinha da sala.

Riana e eu o puxamos cada uma por uma mão e o conduzimos até o quarto dela, ainda rindo, meio ninfas, meio onças. Quando entramos no quarto, ele se senta na cama e nós duas ficamos em pé e ninguém sabe ao certo o que fazer ou onde se posicionar, mas vamos encontrando as brechas e os caminhos: ficamos nuas e ele atordoado, então o despimos como se desembalássemos um presente. Ele está tão duro à nossa espera que o pau salta pra fora da cueca e não sei o que acontece quando vejo o pau dele, é como um ímã que me atrai, fico de joelhos e o abocanho, Riana senta na cama e o beija, ele com uma mão segura o seu cabelo, com a outra me pega pela nuca, no silêncio da noite escuto o barulho de bocas que beijam e chupam.

Olho pra cima e Riana olha pra baixo na mesma hora, nos dizemos qualquer coisa nesse olhar, uma coisa deliciosa e impossível de ser articulada em palavras, mas mesmo assim ela tenta e sussurra o quanto isso que estamos fazendo é lindo. Convido-a com o olhar e ela vem, dividimos o pau de Gabriel com uma cumplicidade natural (há bastante pra nós duas), ele fecha os olhos, deixa a cabeça cair pra trás e nos alisa as duas ao mesmo tempo, e daí por diante não importa que sejamos marinheiros de primeira viagem, que esse seja o primeiro *ménage* de todos, navegamos enevoados mas com suavidade, tudo fica fácil e fluido, como uma dança.

Riana se deita de costas no colchão e engatinho por cima dela pra lhe beijar os seios e a boca, Gabriel vem por trás, abre minha bunda e me lambe a buceta de cima a baixo, as nossas bucetas estão ali abertas, juntinhas, pulsando, ele me chupa e masturba Riana ao mesmo tempo, fica de joelhos e eu, que ainda estou de quatro, sinto a cabeça do seu pau me procurando, não sei de onde apareceu uma camisinha, só sei que empino a bunda pra lhe dar permissão e quando ele mete não acredito em tanta delícia.

Estou de olhos fechados, sentindo seu pau me preencher, Riana ainda está debaixo de mim assistindo a tudo e quando abro os olhos a vejo sorrindo, nos olhando com olhos de deslumbre, apertando meus mamilos enquanto Gabriel mete cada vez mais fundo.

O que acontece daí por diante se perde em glória & orgasmo. Gabriel mete em Riana depois de mim, eu engatinho por cima dela e sento na sua cara, ela estende a língua e me chupa como uma gatinha, uma hora me viro pra beijar Gabriel e depois beijo Riana de novo e sinto o gosto de um no outro e o meu nos dois, e essa confusão de cheiros e sucos é tão suculenta que me alucina, Riana goza rápido como sempre, eu seguro o orgasmo como sempre, prolongando ao máximo o suplício, acumulando o deleite, então deito Gabriel de costas no colchão, sento nele devagar, me masturbando ao mesmo tempo e sentindo-o tanto e tão profundamente que nem parecemos coisas separadas. Gozo numa explosão, gemo alto, ele e Riana sorriem e trocam olhares cúmplices.

Enquanto eu sento, Riana se masturba ao nosso lado, descobrindo em si um lado *voyeur* – amanhã de manhã, quando Gabriel tiver ido embora e sobrarmos só nós duas nesta cama, ela me dirá que foi uma das coisas mais lindas que já viu.

Depois de gozar, deito ofegando do lado de Riana, e ela me abraça, Gabriel sorri olhando de uma pra outra e há, além de desejo, carinho derramado no seu olhar, os olhos de Riana transbordam o mesmo e suspeito que os meus também – arrebatada pela santíssima paz do orgasmo me sinto absurdamente grata por esta noite surreal.

Agora que já gozamos as duas, volto a chupar Gabriel, com voracidade, cheia de gratidão e da lembrança do amor que um dia senti por ele e hoje revivo, chupo-o até extrair tudo dele, até o deixar tremendo e sem fala, o sorriso estagnado na boca aberta e boba. Beijo Riana com os lábios melados de porra.

Ficamos nessa coreografia molhada e melada noite adentro até cairmos os três exaustos e pacificados, ele no meio e nós duas deitadas uma em cada lado do seu peito, os braços por cima do seu corpo, alcançando uma à outra. Sem dizer mais nada adormecemos um sono brando e sem sonhos.

No dia seguinte ele vai embora de manhã, Riana e eu ficamos na cama e trepamos só nós duas numa languidez maravilhosa. Deito no seu colo depois do amor e Pietro entra no quarto, senta na cama e exige que contemos todos os detalhes sórdidos, embora já tenha ouvido tudo. Rimos enquanto contamos. Vou embora de tarde, e meu corpo não pesa meu peso. Gabriel manda mensagem pras duas agradecendo pela noite. Dirijo de volta pra casa na praia com um sorriso no rosto.

• • •

Estamos de mãos dadas no meio da multidão que se aperta, o sol castigando sem piedade, as latinhas tilintando e a cerveja esquentando, o frevo vai longe e nós aqui imprensadas nessa ladeira de Olinda rindo e seguindo o ritmo da multidão lenta e suada, dou graças por não vestir mais do que um biquíni branco e um véu de noiva, Riana vai na frente me puxando pela mão, seus longos cabelos castanhos empapados de suor e uma enorme pena verde na cabeça.

No primeiro dia de Carnaval, lamentamos o fato de que Gabriel não pôde vir, afinal foi ele quem nos convidou pra Olinda, mas a vida se interpôs e ele descobriu que vai ser pai – então decidiu voltar pra mulher que não ama e com quem já tinha rompido. Quando soube da notícia, tive um estranho revirar no estômago, um alerta de que a vida corre e é preciso viver, fazer tudo de propósito, antes que acidentes aconteçam.

Ao mesmo tempo lembro que numa das últimas vezes que nos vimos ele havia mencionado que seu grande sonho era ser pai. Talvez, penso, essa seja uma daquelas horas que deus escreve certo por linhas tortas e meu julgamento é só meu julgamento – falho, humano, parcial e medido pelos meus próprios medos.

De qualquer maneira, Riana e eu estamos aqui e estamos sorrindo, e Riana está beijando todo mundo, homens e mulheres, gays e héteros, amigos e desconhecidos, ao contrário de mim, que na verdade estou achando isso tudo um pouco nojento. Não estou com raiva dos machos que tentam me puxar, que pegam no meu corpo sem consentimento, quando Riana vê alguém tentando me pegar à força ela se interpõe e passa o braço pela minha cintura e diz muito firme que sou sua namorada e gosto dessa defesa, gosto dela me chamando de namorada.

Mas o gostar não dura muito tempo porque os machistinhas de plantão, com sua síndrome de umbigo do mundo, parecem crer honestamente que o espetáculo de nós duas nos beijando foi feito pra eles, pro seu deleite, e pra meu assombro eles não só param pra assistir como se sentem convidados a participar – como se ali, no espaço entre duas mulheres, faltasse algo, fico indignada, enojada, mas Riana releva tudo e está se divertindo e rindo, então vou deixando que ela me puxe pela multidão.

Quando nos defendemos dos assédios dizendo "somos namoradas", alguns ainda se acham no direito de pedir uma prova, *então beija aí pra eu ver*, PRA VOCÊ VER É O CARALHO, tenho vontade de gritar, mas respiro, estou sentindo mais raiva do que alegria, mas é Carnaval, Riana diz pra eu relaxar.

– Não é Carnaval no Brasil o ano inteiro – ela diz.

E penso que é verdade, o tempo pra liberdade é curto e delimitado e tudo acaba numa quarta-feira de cinzas, tudo que é permitido aqui e agora no resto do ano não é possível, Olinda cheira a mijo, álcool e sexo – me sinto descolada disso tudo, distanciada, como que observando antropologicamente, mas Riana está ocupada beijando outras bocas e guardo pra mim minhas análises culturais e sociológicas sobre a estrutura e função psicológica do Carnaval, a transformação catártica na psique brasileira e a liberação temporária da repressão e controle dos corpos.

Sim, estou pensando sobre isso no meio de Olinda. Penso admirada que tenho muito o que aprender com Riana, com sua leveza, sua despreocupação e seguimos atrás do próximo bloco abrindo caminho entre os policiais-bombeiros-melindrosas-super-heróis-gatas-diabas-freiras e afins – ungidos como uma massa só, suada e sedenta e fora de si.

Nessa procissão herética esbarramos com um padre, velho e bêbado, ele para na nossa frente e pergunta se queremos nos casar, olhamos uma pra outra e respondemos em coro, *sim!*, na vertigem da ladeira e da paixão ele nos benze, pergunta se nos aceitamos, *sim!*, nos declara mulher e mulher e diz *pode beijar a noiva* – assim consagramos nossa união, selada em profanação. Quem diria que eu me casaria no Carnaval.

• • •

No dia seguinte, machuco o pé. Depois de um dia inteiro subindo e descendo ladeira, meu tornozelo esquerdo não aguenta e trava, não consigo pisar no chão, não consigo andar. É uma dor velha, que já conheço e que sempre que chega me dá imediatamente vontade de chorar, é a dor da minha infância, a dor de ter nascido com os pés tortos e ter precisado refazê-los por meio de cirurgias, gesso, aparelhos ortopédicos e balé.

É uma dor que assim que chega já me cansa, me sinto cansada, terrivelmente cansada, como se já tivesse sentido toda a dor de uma vida – o choro que vem é um choro de criança ferida, de vulnerabilidade e vontade de ser cuidada.

Na minha infância eu tinha minha mãe, hoje penso que talvez precise aprender a ser mãe de mim mesma. Deitada sozinha na casa que alugamos na periferia de Olinda com mais trinta pessoas, todas na rua se embriagando, inclusive Riana, penso sobre minha mãe. Minha mãe me disse uma vez que, quando descobriu que estava grávida de mim, uma gravidez inesperada aos dezenove anos, secretamente ficou feliz, porque queria se libertar da sua família e achava que só seria possível se criasse a sua – eu, inesperada e acidental, fui a porta da sua liberdade.

Quando nasci me tiraram do ventre da minha mãe e não me deram pra ela imediatamente, o médico saiu comigo e depois entrou no quarto dizendo: sua filha tem um problema. O problema, os pés tortos. Tive de engessar as duas pernas pra que elas não crescessem tortas também, o gesso precisava ser trocado toda semana pra acompanhar meu crescimento e por causa dele eu só podia tomar banho na banheira no dia de tirá-lo.

Esse dia era a sexta-feira, segundo minha mãe, meu dia favorito, o único dia em que podia tomar banho mergulhada na banheira, a água morna amolecendo a mim e ao gesso, libertando minhas pernas. Mas a liberdade não durava muito tempo, ainda na sexta-feira voltávamos ao hospital pra colocar o novo gesso e às vezes eu chorava e gritava tanto no processo que eram necessárias duas pessoas pra segurar um neném, e minha mãe não aguentava e saía da sala.

Me pergunto se é por isso que busco a liberdade tão fervorosamente.

• • •

Por muito tempo escondi as cicatrizes, não usava chinela nem saia, sempre cobria os pés e as pernas, All Star & calça jeans, por muito tempo odiei meus pés e o corpo que ele sustentava, me achava feia, inferior, imperfeita. Quando meu pai foi embora, eu tinha só quatro anos e entendi que ele foi embora, por isso – porque eu não era perfeita. Desde então carrego a sensação velada de que tenho que consertar alguma coisa.

Hoje ando descalça, não escondo tanto, danço, mas ainda não aprendi a me sustentar sobre meus pés – quando a dor vem, tudo se ofusca e só sobra ela, volto pra um lugar solitário, escuro e assustador da minha infância.

É assim que acordo, petrificada porque sei que não vou conseguir andar. É o terceiro dia de Carnaval e ontem passei o dia inteiro sozinha na casa onde dormem trinta pessoas, a maioria amigos de Gabriel. Comigo estão Riana, meu irmão e minha melhor amiga Carolina. Todos, menos eu, acordam de ressaca, mas já vão abrindo latinhas de cerveja no café da manhã, afinal é Carnaval e tudo é festa, menos eu.

Comunico aos meus que não vou conseguir sair de novo, mas os incentivo a aproveitarem por mim, antes das dez fico sozinha, eu, o diário, a minha dor e o eco do frevo ao longe. Ainda não sei, mas nutro minha dor como um bichinho, ainda não entendo que uma parte de mim se recusa a desapegar dela – não sei abandoná-la porque sei que o abandono dói. É meu dever cuidar dela porque ela sou eu, por isso a abraço, deito em posição fetal e choro.

. . .

O Carnaval acabou e voltei a andar. Acordo na minha cama com cheiro de chocolate perfumando a casa, desço as escadas com passos de passarinho e encontro Riana na cozinha vestindo um blusão fino de tão desgastado, cheio de furinhos, o cabelo preso num coque feito às pressas e a cara limpa e bem-humorada, linda, mexendo alguma coisa na panela com uma colher de pau.

Abraço-a por trás, inalando o perfume da sua nuca desprevenida. Ela está fazendo brownie e na bancada de granito há torradas que ela me aponta feliz, pego requeijão na geladeira, sento num banquinho e, enquanto passo o requeijão na torrada, observo-a se movendo pela cozinha. Ela é tão leve, tão silvestre.

Também sou sua primeira mulher, conversamos sobre os paus, bucetas e sobre como foi natural dividir Gabriel, mal consigo acreditar que um dia ela tenha sido menos livre do que é hoje, tão apropriada ela soa e anda e ajeita o coque que despenca com o peso maciço do seu cabelo, tão natural em sua sensualidade de taurina.

Ela me conta da infância crescida sob dura educação evangélica, da mãe religiosa fervorosa, das proibições e censuras, da palavra pregada até o fundo da culpa, conta que rezava depois de se masturbar e que a prece era sempre confusa: *desculpa, senhor, pelo que fiz com minhas mãos impuras, me arrependo, mas foi tão bom, por que inventar o gozo se não pra usufruí-lo, por que fazer o corpo de carne que arde se não pra arder, e quando arde fundo é tão gostoso, perdão, senhor.*

    Ela conta como aos dezenove anos saiu de casa pra morar com o primeiro namorado, com quem perdeu a virgindade do cu antes da buceta por pura falta de informação de como proceder a respeito e foi assim, no puro instinto, que foi descobrindo as maravilhas do sexo; foi assim também que foi banida de casa e "desassociada" da religião – ela me diz que essa é a nomenclatura oficial da sua igreja e acho curioso, como se fosse possível ser sócio do mundo de deus, como se o mundo fosse algo que possuímos e não algo do qual fazemos parte.

    Enquanto ela fala, sempre sorrindo, nunca demonstrando rancor, penso o quanto de coragem ela teve para seguir seus próprios passos e por isso a admiro ainda mais, pela sua bravura de assumir quem é – nesse momento ela se abaixa pra colocar o brownie no forno e não sei se é por causa da admiração crescente ou da visão da buceta pela brecha das pernas que sinto uma vontade louca de comê-la.

    Rápida e felina, mergulho o rosto no seu sexo, ela tomba o tronco sobre a bancada gemendo baixinho, lambo sua buceta, sentindo seu gosto nos meus lábios, as suas pernas cedem, ela senta na bancada, chupo-a até ela gozar algumas vezes, então se desvencilha, se vira pra mim, me beija trêmula e balbucia que quer me comer também, que queria ter um pau por um dia só pra poder fazer isso, rio porque o mesmo me passou pela cabeça, então nos lambemos as bocas encostando as pernas com força uma na outra.

Deslizamos pro chão, sento com as pernas abertas pra ela, ela senta de joelhos e enfia os dedos na minha buceta, acha meu ponto g, me contorço, lambo os meus dedos e me masturbo ao mesmo tempo, olhando pra Riana, ela tão séria e comprometida, o blusão escorregando pelo ombro, desnudando o seio cujo bico aperto com a ponta dos dedos como um passarinho mastigando uma fruta.

Com a sua mão livre, ela começa a se masturbar também, vamos compondo uma sinfonia perfeita de gemidos de mulher, gozamos juntas sentindo o cheiro quente do chocolate.

• • •

É sexta-feira e estamos numa festa de rua, a fumaça sobe, a noite desce, é uma noite de março em que ameaça chover, o ar está frio e fresco, o que não é comum aqui no nosso clima tropical, músicas diferentes colidem vindas dos extremos da praça onde estamos, rock de um lado, música eletrônica do outro.

Riana e eu chegamos com uma garrafa de vinho e Davi, o nosso bote da noite – desde o Carnaval, temos nos divertido escolhendo ocasionais parceiros, conquistas sempre muito fáceis, mas somos exigentes e não é tão simples encontrar candidatos que nos mereçam e aguentem nos ver viver. Eis que semana passada dei uma festa na casa da praia pra comemorar a defesa da minha dissertação de mestrado e Davi apareceu de penetra. Não gostei, não queria estranhos na minha festa, mas relevei, estava feliz e de braços dados com Riana e mal falei com Davi.

Por acaso ou por destino, no dia seguinte esbarramos com ele num rolê de brechós e Riana gostou dele – eu não estava particularmente interessada nem lhe dando muita atenção até a hora que, no meio da mais banal conversa, perguntei o que ele fazia e ele respondeu:

– Sou escritor.

Foi quando o vi, como que pela primeira vez.

Vi seus olhos verdes, o cabelo loiro escuro, oleoso e bagunçado, os anéis nos dedos, os braços tatuados, as roupas velhas, o ar de poeta, o sorriso cínico, quase sempre mordendo a língua entre os dentes e brincando com o piercing que reluz dentro da boca. Então marcamos de sair com ele hoje e não temos certeza se ele suspeita das nossas intenções, mas parece estar confortável com nós duas.

Estamos andando juntos, cumprimentando amigos, quando Davi para pra cumprimentar alguém que conheço de vista – Nicolas, escuto Davi dizer enquanto se dão as mãos. Vejo Nicolas. Vejo seus olhos castanhos, o cabelo longo preso num coque, o piercing no nariz, o rosto quadrado, o maxilar forte e bem marcado.

Nessa hora nós três dispersamos, alguém me para pra falar da última peça do meu grupo de teatro, Riana se afasta e vai falar com amigas, e enquanto esse alguém fala comigo observo Davi e Nicolas conversando, não escuto o que dizem, mas escuto a ideia que vem de baixo e me trespassa.

Procuro Riana com o olhar e ela, como que adivinhando, se vira e olha direto pra mim, sem falar nada faço uma leve inclinação de cabeça em direção a Davi e Nicolas e espero o tempo da comunicação telepática acontecer. A conversa que acontece no silêncio é essa:

– Vamos mesmo fazer isso? – pergunta.

– Vamos fazer isso hoje – respondo.

Ela sorri, vem pra perto de mim, vamos pra perto dos dois, Riana oferece um baseado, Nicolas aceita, porém, quase se desculpando, diz que já está mais pra lá do que pra cá, que tomou um doce mais cedo e sabe como é..., aceito que essa é minha deixa, viro pra Riana e Davi e pergunto *por que não adoçar a noite?*

Davi diz que só há uma resposta possível, "sim, e...", que segundo ele quer dizer que, além de dizer sim quando alguém faz uma boa proposta, você deve acrescentar algo, *vamos fazer isso? Sim, e vamos fazer aquilo.* Quando digo que tal um doce pra repartir, ele provoca:

– Sim, e?

– E devíamos beber esse vinho lá na casa da Mel – Riana acrescenta.

Davi e Nicolas balançam a cabeça ponderando que pode ser uma boa ideia, mas não nos adiantamos, Nicolas diz que tem uma tesourinha no seu carro, caso precisemos, precisamos, vamos andando até onde o carro está estacionado e rimos ao ver que o carro é um fusca, Nicolas pega a tesoura no porta-luvas e quando me entrega nossos dedos se tocam num instante breve, brevíssimo. Corto o doce em três pedaços, gostando de ser essa que vê o que ainda não está aqui e oferta doçura.

Como uma sacerdotisa de um ritual profano, uma sacerdotisa de Afrodite ou de Dionísio, feiticeira da lua na cidade do sol, pouso o doce como uma hóstia nas bocas abertas de Riana, depois Davi, por fim na minha própria, que se fecha num sorriso satisfeito e cheio de promessas não anunciadas.

Uma chuvinha fina começa a cair e nós quatro nos abrigamos dentro do fusca, Riana e eu no banco de trás, Nicolas no volante e Davi no passageiro, em questão de segundos a chuva engrossa subitamente, olhamos um pros outros e rimos, a chuva se choca forte nos vidros, não enxergamos o lado de fora, não escutamos mais a música, não escutamos nada a não ser as nossas próprias vozes, a queda d'água e os corações batendo mais alto, os vultos das pessoas lá fora correm de um lado pro outro procurando onde se proteger da chuva, protegidos estamos nós, aquecidos dentro desse fusca como numa bolha – de repente me sinto como que num sonho.

Fecho os olhos e sinto uma coisa viva no peito, no ventre, na buceta, uma excitação diante da vida, uma anunciação, a promessa de um paraíso depois da curva da noite escura. Riana faz um carinho na minha perna e desperto da divagação, eu estava no caminho do Paraíso, mas o Paraíso é aqui na Terra, ela está sorrindo e suspirando e revirando os olhinhos do jeito que sempre faz quando se sente bem, por isso sei que está batendo, no banco da frente Davi e Nicolas conversam sobre Jack Kerouac, Bukowski e outros errantes, sobre meditação & tatuagens, sobre coisas eternas & transitórias.

Riana está tão deliciada que não participa da conversa, apenas sente, também eu apenas sinto – parece que esse fusca estacionado está pairando no ar, pairando sobre tudo e todos, aos poucos a chuva começa a morrer, voltamos a ouvir os sons do mundo lá fora, mas aqui está tão quentinho, tão aconchegante, comento que não quero sair, Davi diz que também não quer, se vira pra mim, me olha com um olhar de louco, segura as minhas mãos e me pergunta se eu quero invocar a chuva, digo *sim, e...* que seja uma chuva ainda mais forte que essa, um dilúvio particular.

Vejo pelo retrovisor que Nicolas está me olhando, é um olhar constante, espesso, que me fisga inteira, nesse momento Davi e Riana se divertem com algo engraçado e riem sem parar, mas eu ainda tenho o olhar ancorado em Nicolas e sinto uma vontade intensa de erigir uma ponte entre nós, qualquer coisa que me leve até ele.

É ele quem quebra o olhar e volta à conversa, conversamos sobre tudo até chegar ao assunto que sempre chega, astrologia – Nicolas é virginiano, Davi, pisciano, Riana, taurina e eu, ariana. Nicolas diz que é óbvio que sou ariana.

– Por quê? – pergunto.

– Pelo seu batom, sua roupa, seu andar, sua confiança...

Não falo nada, mas fico contente que ele tenha reparado em tudo isso.

Nesse exato momento, um bêbado qualquer passa por perto, nos vê dentro do carro e grita *É o fusca do amor!*, nós rimos. Ainda chove um pouco.

Nicolas solta o cabelo, que cai numa cascata macia e em câmera lenta, e sem que eu dê por mim, minha mão se suspende pra tocá-lo, ele deixa a cabeça cair na minha mão, mexo no seu cabelo, fino e sedoso, sentindo na ponta dos dedos uns choques de emoção, não aguento e digo que deveríamos logo beber aquele vinho na minha casa, ao que ele responde.

– Eu vou pra qualquer lugar que você quiser.

– Vamos pra Pium.

São só vinte minutos daqui de Ponta Negra até Pium, seguimos pela Rota do Sol em direção à casa da praia, Davi vem comigo no meu carro e Riana com Nicolas no fusca. Estamos no meio do caminho quando de repente uma chuva torrencial vem na nossa direção, podemos vê-la chegar, como uma onda, é tanta e tão forte que quando nos alcança mal consigo enxergar além da cortina d'água que espanca o vidro do para-brisa, a pista alaga e somos obrigados a diminuir bruscamente a velocidade. Viro pra Davi e quase grito:

– Davi, é a chuva que a gente invocou! – Davi arregala os olhos, abismado, desce o vidro da sua janela, põe a cabeça pra fora, estira a língua pra provar a chuva, volta pra dentro do carro com o cabelo e o rosto molhado e me diz:

– É doce!

Olho-o com olhos muito abertos.

. . .

Abro a porta. Deixamos os sapatos do lado de fora, digo pra eles ficarem à vontade enquanto me encaminho pra cozinha, ainda não tenho sofá nem nunca terei, mas tenho um tapete, um colchão, mantas e almofadas no chão. A gata vem se esfregar na gente, miando brilhosa, está quente e abafado agora que começou a chover, Nicolas pede licença e tira a camisa, morrendo de calor & derretendo do doce, senta no meio das almofadas, solta o cabelo que tinha prendido mais uma vez, agarra a gata nos braços e lhe faz um carinho, assisto à cena de longe e derreto também.

Trago o vinho, entrego pra Riana, que o abre, coloco um álbum do The Doors pra tocar, abro as portas da varanda pro vento correr, apago as luzes e deixo aceso apenas um abajur de luz amarela e um pisca-pisca de Natal que pendurei num canto, pequenas luzinhas brilhando suave, nos sentamos no tapete, juntinhos, bebendo o vinho no gargalo, Davi deita no meu colo e faço carinho no seu cabelo como fiz no de Nicolas, Riana se aproxima e faz carinho também e até o próprio Nicolas interrompe a produção do baseado que tinha começado pra se juntar a nós num carinho de muitas mãos, Davi se retorce deliciado.

Todos os gestos são tão absurdamente belos que me vejo num estado de constante deslumbramento, o pisca-pisca colorido iluminando os rostos na meia-luz, o gosto de vinho na boca, a atmosfera densa, a tensão que a gente sente no ar, devagar, quase timidamente, deslizo as unhas vermelhas pela perna de Nicolas, não aguento mais tanta conversa, tanto filosofar, é hora de sair do verbo e se fazer carne, sinto um senso de urgência, preciso senti-lo – e parece que ele sente o mesmo.

Assim que o toco, ele vem mais pra perto e cheira minha nuca, Riana e Davi, que levantou do meu colo pra poder beber o vinho que foi passado pra ele, estão conversando animados sobre alguma coisa, já não escuto, ouço apenas a respiração quente de Nicolas no meu pescoço, no meio do gesto de se afastar de mim o seu nariz roça no meu rosto, ele para, terrível e maravilhosamente perto, e nos fitamos em silêncio, sinto alguma coisa dentro de mim se revirar, o coração a galope no peito, não entendo essa força que me arrasta pra ele e me aperta por dentro, é quando ele me beija. O mundo inteiro para de rodar e só existe esse beijo.

É um beijo macio, como ele todo é, e surpreendentemente apaixonado, tem um sabor estranho esse beijo, um sabor de espera, como se estivéssemos há muito aguardando por isso, mas eu acabei de conhecê-lo, não faz sentido, continuamos nesse beijo infindável, pulo pro seu colo e ele me agarra com força, uma mão no meu pescoço, a outra na minha bunda, tem algo de ansioso na sua paixão, uma pressa que sinto e me excita, ele tira minha blusa e sinto meu peito no dele, a pele dele é tão macia.

Quando ele levanta minha saia, uma saia longa com estampa de oncinha, percebe que não tenho nada por baixo e estremece, passa os dedos trêmulos sobre minha buceta e, me pegando pela cintura, me põe em pé

— nessa hora tenho um lampejo do mundo além de nós dois, me lembro de Riana e Davi, receio que Nicolas esteja pensando em ir pro quarto pra ficarmos a sós (e não foi isso que eu e Riana combinamos por telepatia), então, num passo de dança contemporânea, deslizo de volta pro chão e beijo Riana, que a essa altura beijava Davi, então em seguida beijo Davi pra estabelecer claramente as regras dessa dança.

Nicolas entende e volta pro chão, caio de volta no seu abraço, ele começa a beijar meu pescoço, meus seios, minha barriga... pausa. Olho pra baixo, ele está com a cabeça entre minhas pernas e me dá uma última olhadinha antes de abrir a boca e me devorar, fecho os olhos e derreto cada vez mais e mais, quando abro os olhos novamente, vejo Riana ao meu lado sendo chupada por Davi, ela adivinha meu olhar e me olha também, nos damos as mãos, rindo uma pra outra, rindo & adorando, olho mais uma vez pra baixo e é a cena mais perfeita: nossas pernas de mulher abertas e dois homens devotados com as cabeças enterradas em nós.

Quando Nicolas para e se ajoelha pra colocar a camisinha, já estou encharcada, porque a verdade é que estou esperando por isso desde o primeiro momento em que o vi naquela praça e caminhei até sua direção, ele desliza pra dentro de mim sem dificuldade e mete, mete, mete, o cabelo esvoaçando, os olhos nos meus e a boca repetindo o quanto sou gostosa, o quanto sou gostosa, o quanto sou gostosa, me perguntando se eu sei, mas não consigo responder, só gemo, ele então diz *eu sei que você sabe* e só consigo pensar: *entra, meu bem, entra que eu te deixo entrar, entra que agora sou tua, meu corpo é um templo e você me ilumina por dentro.*

Então ele levanta e me coloca em pé mais uma vez, me joga contra a parede, por cima do pôster de uma escultura de Rodin que foi um ex-namorado que me deu, o ex que até então foi o que mais amei e mais me fez sofrer, o pôster se amassa e eu adoro deixar essa mácula de suor e sexo na lembrança vaga daquele que me despedaçou, estou de costas pra Nicolas e ele me come por trás, fico cara a cara com o Beijo de Rodin e sinto uma vontade louca de rir, que paraíso é a heresia, me sinto tão profana, tão divinamente profana.

Minhas pernas bambeiam de prazer e sussurro pra Nicolas pra nos deitarmos, mas quando deitamos mal sinto o chão, me sinto como que pairando sobre nuvens numa suspensão de vapor e suor, The Doors continua tocando ao fundo, Riana geme com Davi, é uma sinfonia de guitarras & gemidos, então Riana vira pra mim e me pede pra trocar, faz promessas débeis sobre a língua mágica de Davi, pede por Nicolas, tento me despedir dele, mas ele se enfia mais fundo em mim, segura meu quadril com mais força, não quer me largar, também não quero que me largue, mas também não quero dizer não pra Riana, então com um certo esforço me esgueiro pro lado e libero Nicolas pra ela.

Davi está ali perto e rastejo até ele, nos beijamos um beijo louco, a esta altura já não penso em nada, sou apenas um corpo que sente e isso é imenso, ofegante, suada e insana, quando Davi começa a me chupar perco o resto de sobriedade que me restava, ele pinça o meu clitóris com lábios moles e suaves e pincela a língua certeira e potente sobre o ponto miúdo do prazer, insistente e metódico, ele tem um piercing na língua e não sei o que é língua, o que é piercing, só sei que é tão bom, tão bom que começo a rir de novo, loucamente, sem conseguir crer em tanta delícia, *como é que a gente veio parar aqui?*, já não tenho nome, razão, fome, nada, sei que gemem ao meu lado, sei que grito gritos inarticulados e algo vai se inflamando dentro de mim, meu corpo inteiro fervendo por dentro, contrações no oco do ventre, pernas que tremem sem controle, pelos que se arrepiam como que eletrizados, de repente sinto a força do jato do meu gozo, não é novidade que às vezes ejaculo, mas é a primeira vez que ejaculo só com sexo oral, sem nenhuma massagem no ponto g, gozo gritando – quando ele sente o mel escorrendo pra dentro da sua boca enfia os dedos depressa dentro de mim e tremo, tremo, tremo, convulsionada de prazer.

 Davi está excitado, mas não está duro, depois do meu gozo, descansamos lado a lado, tão ensopados como as folhas lá fora. Percebo que a chuva deu uma trégua. Riana e Nicolas param o que estavam fazendo na mesma hora e vão tomar banho, com muito esforço levanto e vou na cozinha beber água, Davi vai na varanda fumar um tabaco, vou até ele nua e o beijo ainda agitada, num impulso trêmulo e alucinado, que ele convida a desacelerar, me beijando propositalmente lento, absurdamente lento, degustando cada canto da minha boca – abro os olhos no meio do beijo e me pergunto: *quem é esse homem que olho de tão perto?*

Riana e Nicolas gritam nossos nomes, então nos juntamos a eles no banho frio de luz apagada, rindo, nos abraçando os quatro no boxe apertado, e olho pra eles completamente arrebatada, besta, apaixonada, com uma vontade desatinada de confessar, de me declarar, de escrever odes e poemas sobre essa noite, mas calo pra não parecer tão ariana, tão intensa, tão imediata, tão... eu.

Riana e Davi saem do banho, eu e Nicolas nos demoramos ainda mais um pouquinho, minha vontade dele ainda não passou e sei que a dele de mim também não, então sento na tampa do vaso sanitário e ponho seu pau dentro da minha boca, tentando colocar nesse boquete todo o amor que me invade, na cabeça um só pensamento, *derrama, lindo, se derrama dentro de mim*. Ele goza na minha boca e engulo tudo, como um gesto de amor.

– Eu tava guardando pra você – me diz e acho romântico.

Vamos na cozinha de cabelos molhados e pele fresca, toalhas amarradas na cintura, bebemos água em silêncio, sem tirar os olhos um do outro, então ele se vira pra bolar um baseado na bancada da pia, abraço-o por trás, a cabeça encostada nas suas costas, passeando as unhas pelo caminho entre seu umbigo e seu sexo, sinto o ar ainda tão carregado, como se estivéssemos debaixo d'água, e afogada no que sinto agora quero tanto dizer tudo pra ele, dizer-lhe que ele é um milagre, que estou apaixonada, mas silencio, engasgo, tenho medo de me expor assim.

Ainda de costas, Nicolas quebra o silêncio e com a voz baixa me diz em tom de confidência que fazia tempo que não se sentia tão sintonizado com alguém assim, então se vira pra mim e meu coração dá um pulo louco, *e eu que já tô apaixonada por você?*, penso, mas não digo, esperando como numa prece que ele adivinhe, tendo fé que meus olhos o revelem, nos fitamos profundamente, observo seu rosto, apesar do maxilar forte, tem algo quase inocente nele, talvez seja a pele, tão assustadoramente macia, e com o olhar tento dizer: *eu poderia me afogar, eu poderia me afogar em você, Nicolas.*

Nessa hora ouvimos gritinhos e risinhos e vamos na varanda ver o que é: Riana está no balanço do jardim, ainda nua, e Davi, também nu, a empurra com uma mão enquanto fuma o tabaco com a outra. É uma cena linda. O Paraíso é aqui, tenho certeza. Subimos os quatro pro quarto, fumamos o último baseado deitados lado a lado no colchão e adormeço com a cabeça no peito de Nicolas, ainda entalada com tudo que não disse.

O dia começa a raiar lá fora.

• • •

É domingo, acordo sozinha no colchão subitamente grande demais só pra mim, o peito com frio, as pernas tão livres, onde estão as outras pernas que estavam aqui enroscadas, os abraços de muitos braços, o deitar no peito de um e ouvir a respiração do outro?

Não consigo pensar em nada além do que aconteceu na sexta, fico repassando cada detalhe repetidamente, tudo é delicioso, mas tem uma peça que não se encaixa, a lembrança mais vaga: vejo Nicolas deitado no divã de veludo azul, o cabelo amarrado, a mão no queixo, o olhar perdido & longe, o corpo nu na luz pálida do amanhecer nublado.

Em algum momento depois de deitarmos os quatro no colchão e fumarmos o último *beck* e eu pousar minha cabeça no seu peito e começar a adormecer, ele se levantou e foi pro divã, eu, que estava deitada enroscada nele, fiquei sem peito onde descansar, mas num instante Davi, que estava do lado de Riana, saiu da outra beira do colchão como que adivinhando o lugar vago do meu lado e ocupou o espaço vazio de Nicolas.

Mole e sonolenta, me confortei no peito de Davi, olhei pra Nicolas sozinho no divã e quis ser duas pra estar aqui e ali ao mesmo tempo, vi seu olhar vago e ele me inquietou, *o que será que Nicolas tá pensando?*, me perguntei, mas estava tão cansada, quase adormecendo, sabia que Riana estava em sono profundo, sentia Davi adormecendo quente colado a mim, ouvia o silêncio do quarto, o eco das ondas ao longe, *por que Nicolas não dorme?*, me perguntei desassossegada, talvez escutando minha pergunta ele parou de fitar o nada e fitou a mim, grave, mudo, denso, *tem algo de errado*, temi e quis levantar, mas minhas pálpebras pesadas estavam quase se fechando, me senti sendo levada pelo cansaço da noite em claro e, incapaz de ir até ele, tentei esboçar um sorriso pra lhe dizer que *está tudo bem, tudo está no seu lugar, somos sagrados e profanos e está tudo bem que seja assim...* apaguei.

• • •

Desço as escadas e o silêncio ocupa cada cômodo da casa, a manhã de domingo nascendo nublada, a chuva se recusando a passar, abro a porta da varanda, olho o jardim, o cajueiro encharcado, o balanço molhado e digo pra minha solidão: foi amor derramado.

A gata, que estava perambulando pela varanda, entra depressa assim que abro, se esfrega nas minhas pernas, olho pra baixo e vejo seu pelo cor de pérola, o vinho derramado no tapete da sala, a garrafa vazia, as cinzas nas almofadas, a roupa que usei na sexta ainda no chão, os rastros da nossa noite de transe & gozo. Nos vidros das janelas, gotas de chuva se demoram, nas folhas o orvalho escorrega, entre minhas pernas o meu rio goteja.

Lembro e rio sozinha: fomos nós que invocamos a chuva.

• • •

Sábado passou rápido, mesmo tendo passado a noite da sexta em claro, acordei às nove pra ir a um workshop de dança e passei o dia lá, caindo de sono, mas tentando me equilibrar e dançar. Quando cheguei em casa, já estava escurecendo, comi e fui direto pra cama, deixando a bagunça da sexta ainda intacta.

Já domingo é um dia que não passa. A gata, única testemunha ocular do deleite da sexta-feira, age como se nada tivesse acontecido, miando por comida e atenção, mas tudo aconteceu e o céu continua chorando de emoção e eu me debato porque não quero voltar pra realidade em que noites como aquelas não são as noites de todo dia, não quero descer daquele fusca, quero continuar pairando, pairando, pairando.

Penso em Nicolas como uma nota insistente, naquele beijo com gosto de espera que estou até agora tentando compreender, lembro que meu irmão o conhece, então ligo pra ele pra obter informações – quando conto que fiquei com Nicolas, meu irmão ri e diz que Nicolas já tinha perguntado sobre mim algumas vezes e que a primeira já fazia alguns *anos*, desde que assistiu a uma peça do meu grupo de teatro, aquela sobre Manoel de Barros, dou um gritinho de surpresa e meu irmão diz que já tinha me contado isso, mas que não tinha prestado atenção nem mostrado nenhum interesse por Nicolas, ocupada com outras paixões.

Mas agora minha atenção está completamente voltada pra ele, e quando desligo dou pulinhos de alegria porque Nicolas me quer, Nicolas me quer há *anos* – agora o beijo com gosto de espera faz sentido. Meu coração bate ridículo, bobo, como se eu tivesse quinze anos, e quando deito no colchão fico imaginando onde Nicolas está agora, o que está sentindo, o que está pensando e o mais importante: se está pensando *em mim*.

Na falta de encontrar as palavras certas e tentando ao máximo controlar minha ansiedade, envio por Facebook uma música dos Novos Baianos pra ele, "Mistério do planeta". Ele responde tarde: Mel, ontem passei o dia sonhando, dormindo e acordado.

. . .

Nos dias que se seguem, toco minha vida: ensaio, vejo Riana, revivo a noite da sexta. Troquei algumas mensagens com Nicolas e Davi, mas a comunicação é escassa e preciso de mais carne do que verbo.

Penso em Nicolas mais do que em Davi e fico o tempo todo me controlando pra não gritar *vem aqui, te quero, desejo teu corpo no meu, quero experimentar só nós dois nesse colchão king size*, Riana, me conhecendo, me aconselha a não ser tão orgulhosa, a expressar o que quero, *colocar meu coração na roda*, ela diz, então faço um, dois, três convites pra Nicolas, sempre inventando novos pretextos e ele nunca podendo – em outros tempos jamais faria um segundo convite se a pessoa não houvesse aceitado o primeiro, então não sei como é isso de deixar de lado o orgulho, me sinto insegura, inconveniente, desprotegida, mas o pior é a pergunta que de repente brota na minha cabeça, *aquela noite foi real, não foi?*

Sem perceber estou me recusando a descer do fusca, mas aí ele me empurra pra fora. Na quarta depois do ensaio, vejo a notificação de uma mensagem dele:

"Você mexeu demais comigo, Mel. Me tirou de órbita. E tenho pensado em você todos os dias. Mas foi demais pra mim. Ainda sou meio certinho. Ainda preciso de rotas certas. Ficar só com uma pessoa de cada vez. Se não fosse isso. Meu domingo. Minha segunda. Ontem. Seria tudo com você."

Leio a mensagem e meu estômago se revira. Leio uma, duas, três vezes, mas as palavras não mudam.

Coloquei meu coração na roda – e ele rodou. Não entendo o aperto desatinado dentro do meu peito, por que dói se só fiquei com ele uma vez?, se uma semana atrás nem sabia seu nome?

Repito pra mim mesma que algo especial explodiu entre nós dois naquela noite, isso eu sei, eu senti, essa certeza ninguém me tira, então o culpo pela minha dor, maldigo sua falta de coragem, mas isso não dura muito, *foi demais pra mim*, ele disse – eu sou demais pra ele, entendo. S*e não fosse isso*, ele disse – se eu não fosse quem sou, entendo.

E daí é espiral abaixo, me sinto culpada por minha liberdade e por um lapso de segundo quero ser "certinha" também, mas é só um lapso, logo me recomponho, não, não quero, demorei muito pra chegar até aqui, demorei muito pra assumir minha liberdade e não pretendo fazer o caminho de volta.

Amofino. Racionalmente, sei que o erro não foi meu, sei que na verdade não há erros, há apenas caminhos que se encontraram num ponto e bifurcaram em outro, assim é a vida, pessoas se encontram e desencontram o tempo todo, sei disso, inclusive me gabo de colecionar amores efêmeros, pessoas que amei por um instante e depois deixei ir, mas este... este queria manter.

Parte II
LEITO

A primeira vez que dirijo até sua casa em Pirangi, vou sozinha sentindo uma estranha adrenalina, ainda não sei, mas essa adrenalina percorrerá minhas veias constantemente nos próximos meses. Pirangi é uma praia que fica a uns quarenta minutos do centro de Natal, mas de Pium, onde estou, é pertinho. Hoje por acaso um ensaio foi cancelado e fiquei livre à tarde, Davi me perguntou o que eu estava fazendo e quando respondi que estava em casa ele disse *vem aqui conhecer meu esconderijo* – logo mais será também o meu, mas ainda não sei, o que sei quando estaciono em frente ao endereço que ele me deu é que sua casa parece um castelo, uma casa coral de muitos andares no alto da ladeira de Pirangi.

A casa é imensa e ladeada por cercas cobertas de trepadeiras. Davi abre o portão de madeira, pesado e rústico, com um tabaco pendurado na boca e os olhos acesos, atravessamos literalmente uma ponte sobre um fosso – por causa do desnível do terreno, a rua é mais alta do que onde a casa foi construída, então, em vez de irmos pra baixo, construíram uma ponte da rua até a entrada da casa, o que me dá ainda mais a sensação de chegar a um castelo.

Davi me cumprimenta com um selinho, atravessamos a ponte juntos e não olho pra baixo, adivinhando os crocodilos dos meus medos, minha fome de amor. Davi vai na frente abrindo caminho, abre agora a porta da casa e entramos não no térreo, e sim no primeiro andar, adentramos uma sala ampla, quase sem móveis, que termina numa varanda com a vista tomada de verde, o jardim lá embaixo repleto de cajueiros & coqueiros – as folhas que caem voam e pousam no chão de cimento queimado.

Ele me pergunta se quero conhecer a casa e digo que sim, *vamos começar por baixo*, ele diz e vai abrindo portas e sorrisos, descemos uma escada e damos no térreo, onde há uma espécie de apartamentinho com janelas viradas pro jardim, ele conta que o pai foi construindo a casa ao longo dos anos, subindo um andar por vez e o plano era que virasse um dia uma pousada.

Subimos de volta a escada, passamos de novo pela sala, continuamos subindo a escada e passamos por dois andares com suítes, são uns seis ou sete quartos no total pelo que consigo contar, todos espaçosos, rústicos, com móveis de madeira e paredes brancas, todos incrivelmente silenciosos. Não há ninguém aqui além de nós dois.

Subimos três lances de escada até a cobertura, a torre do castelo de Davi, a vista é uma imensidão de azul, mar & céu sem nunca acabar, quando olho pra baixo vejo o maior cajueiro do mundo lá embaixo, Davi está atrás de mim e me viro pra ele de queixo caído, ele está escorado com uma das mãos na parede e outra na cintura, um pé espalmado no chão e outro cruzado na frente da perna, eu ainda não sei, mas essa é a sua pose particular, tanto que quando descemos um lance de escada e entramos no seu quarto vejo uma fotografia antiga da sua infância, ele pequeninho & dourado na exata mesma posição – nesta posição eu vou admirá-lo muitas vezes nos próximos meses.

O quarto dele é um pequeno estúdio boêmio & litorâneo, branco e cheio de luz, com teto de bambu e janelas longas que terminam em arco, dando um ar meio grego que estranhamente combina com todo o resto. É um cômodo só, mas há dois ambientes: uma pequena sala/cozinha de um lado, com um sofá, uma estante com livros, pia, frigobar e duas bocas de fogão, e do outro, sem divisas, o quarto propriamente dito, com uma cama revirada com lençóis brancos, um armário de madeira pesada, de onde pulam roupas e papéis amassados e na frente da cama o que me chama mais atenção: uma banheira dentro do quarto. Em cima da banheira estão as janelas gregas e, na sua frente, uma escrivaninha estreita com uma velha máquina de escrever Olivetti, virada pro mar.

Ainda há espaço pra um espelho grande encostado em uma das paredes, uma cadeira de balanço e um baú usado como mesinha, tudo um pouco sujo e bagunçado, o espelho embaçado, o cinzeiro abarrotado, a maresia por cima dos móveis, livros e anotações perdidas por todo canto, tudo de qualquer jeito pelo chão pela cama pelo sofá pelo velho baú e ele no meio da bagunça sorrindo & fumando – tudo isso me deixa curiosa sobre o seu mundo e sua anarquia.

– Bem-vinda.

Então ele faz café e se serve numa xícara que na verdade é uma tigela de cereal, nós fumamos e conversamos enquanto ele me mostra seus escritos, enche a banheira, me beija um beijo áspero de cigarro e café, lê pra mim, me conta suas incertezas sobre ser escritor, que nasceu em San Francisco, Califórnia, por isso o português às vezes truncado e o inglês fluido, tão fluido ele todo que às vezes me perco e não entendo o que ele está dizendo, mas não cometo o sacrilégio de interrompê-lo, hipnotizada por esse ministro da desordem, adoro o ritmo das suas palavras, as pausas pras tragadas, e quando finalmente vamos pra cama e ele arranca meus shorts jeans me sinto entregue.

Fudeu. Eu vou me apaixonar por ele.

• • •

Deve ser umas três horas da tarde, o sol queima lá fora e aqui dentro faz calor, trepamos loucamente por cima dos lençóis quentes e gozamos encharcando o leito, depois de gozar estamos tão suados que vamos direto pra banheira que se encheu enquanto nos esvaziávamos, nos apertamos dentro dela procurando uma posição em que consigamos ficar os dois confortavelmente – e encontramos, ainda não sabemos, mas nessa posição ficaremos muitas vezes nos próximos meses, ele deitado com os braços na borda e eu entre suas pernas, de costas pra ele, deitando meu tronco no seu, descansando a cabeça no seu ombro e sentindo sua respiração no meu ouvido.

Nessa posição conversaremos e beberemos vinho e café no meio da tarde ou por dentro da noite ou no começo da manhã, em qualquer horário na verdade, porque seremos transgressores com o tempo, pra nós será sempre *wine time* e pra ele café é como água – vamos enrugar juntos ainda muitas vezes dentro dessa banheira, às vezes lendo, às vezes fumando, filosofando sobre coisas vãs, mirando o *flamboyant* florido que balança do outro lado das janelas gregas, nos dando um ao outro por meio das nossas infames odisseias e pequenas revelações, como presentes ofertados, e a pergunta sempre subjacente *esta sou eu, você me aceita?, este sou eu, você tem certeza que me quer?*

    Quando saímos da banheira, me deito nua na cama e ele me dá uvas na boca, penso, *é ele, Dionísio, quem me serve, o deus do vinho, das orgias, das vastas colheitas*, depois ele se afasta pra fumar na janela e assim mais de longe ele me vê e eu o vejo, nos observamos em silêncio, o deslumbre crescendo nas vísceras, então ele pega uma câmera na estante de livros e me fotografa, assim de bruços por cima dos lençóis suados, o cabelo ruivo, os olhos grandes, a bunda descoberta, as costas arqueadas, o prato de uvas ao lado. Com a câmera na mão, Davi sorri e me diz:

– Ei, Afrodite. Dionísio teria inveja da nossa fortuna. Ainda não sei, mas ele está sempre profanando.

• • •

A noite caiu e estou deitada na cama de Davi enquanto o observo na banheira, lendo um trecho de um livro pra mim. Depois da banheira, se enxuga com uma toalha velha e anda pelo estúdio com segurança e desenvoltura, não desperdiça nenhum gesto, fico na cama, sinuosa & silenciosa, admirando como ele ocupa o espaço com seus movimentos certeiros e firmes, como me estende folhas datilografadas, como passa a mão grossa pelo cabelo, vejo o escritor nu, o café preto sem açúcar na mão esquerda, o tabaco sem filtro na mão direita, os olhos velhos de ver muito, os pés calejados de andar demais.

Reparo como as mãos dele são grandes, de trabalhador, de quem sabe dizer a idade das árvores por apenas nelas tocar, ele me fala das sequoias gigantes do leste dos Estados Unidos, de como se fica pequeno ao olhar pra cima e ver que elas não acabam, enquanto nós, seres humanos, somos seres acabados, ele me conta que voltou há menos de um mês pro Brasil, que era lenhador lá nas brenhas da América do Norte, que trabalhava em parques e reservas florestais abrindo trilhas, dias e noites dentro da floresta andando por entre espinhos e mata densa, cortando-se frequentemente e não parando pra pensar na dor, porque sempre havia mais caminho a se caminhar.

E de noite, ele me conta, acendia fogueiras e dormia como se morresse, sem pensar – ainda não sei, mas os pensamentos dele são como farpas e às vezes lhe rasgam profundamente, por isso se distrair é uma ordem e se embriagar é uma estratégia. Ele me conta que é bissexual e olho pra ele com ainda mais admiração, então me pergunta de mim e falo que sou bissexual também, ele ri e diz que isso já tinha adivinhado.

– Me conta quem é você.

Ele me diz e seus olhos estão tão abertos que sinto que posso contar tudo pra ele, que não há julgamento, não sei por onde começar, mas, já que falávamos de árvores, falo da única madeira que conheço, a madeira do meu palco, falo que sou atriz, que não sei bem quem sou, mas sou mulher e sou artista, então sou pelo menos duas coisas sagradas.

E se é pra falar de coisas sagradas preciso falar de sexo & arte, procuro ambos pelos mesmos motivos: tenho fome de sentir, de me emocionar, de transbordar, de descobrir minha humanidade, mas não só a minha, a dos outros também, sinto que nesse mundo de muros & cercas & desigualdades precisamos urgentemente reencontrar nossas humanidades perdidas, voltar a sentir, aprender a sentir, a si e aos outros, ver que por debaixo das peles todos somos músculos e lágrimas e órgãos que pulsam – e isso me comove.

– Que bom que a gente se encontrou pra se comover juntos.

– A vida é a arte do encontro – respondo.

Eu lhe digo ainda que me considero uma religiosa do amor, que acredito no amor sobre todas as coisas, que sempre senti que tenho muito amor pra dar e até pouco tempo atrás escolhia homens que restringiam minha capacidade de amar – seria justo que dissesse também que eu me deixava ser restringida, mas ainda não entendo isso. Digo-lhe que estou num momento de expansão, de finalmente encontrar a coragem de ser quem sou, tantos anos tentando caber no amor dos outros, agora me nego a me diminuir.

– "Me nego a viver num mundo ordinário como uma mulher ordinária. A estabelecer relações ordinárias. Necessito o êxtase. Não me adaptarei ao mundo. Me adapto a mim mesma." – Essa é uma citação de Anaïs Nin, que sei de cor.

Pra minha surpresa, ele sabe quem é Anaïs porque lê muito Henry Miller, o escritor que foi amante dela por muitos anos, sinto isso como um bom presságio, como se eu & Davi fôssemos novas encarnações de Anaïs e Henry, tudo que falamos me parece cheio de poesia, me sinto elétrica e criativa na sua presença, na brecha em que nos calamos pego o diário e escrevo, as palavras saem sem esforço, quase como se não pensasse nelas.

Davi me vê escrevendo e não me interrompe, apenas abre uma garrafa barata de saquê de vinho e me oferece um gole, então me convida pra sair, já está tarde, sei que não tem nada aberto, mas mesmo assim levanto, me visto, não pergunto pra onde vamos, descemos as escadas no escuro, passamos pela ponte sobre o fosso, saímos pra rua iluminada por postes de luzes amarelas, deixo que ele me conduza, parece que estamos numa praia fantasma, Pirangi é praia de veraneio, agitada nas férias e feriados, mas estamos em março e não tem ninguém na rua a essa hora.

Ele me leva pro trapiche. Desse trapiche ele pulava na infância e pula agora que está de volta a casa, o filho egresso, o filho perdido, ainda não sei, mas um dia ele me revelará o quanto seu caminho é sangrado, o quanto suas feridas ele cura com o sal do mar, um dia pularemos juntos desse trapiche e será no meu aniversário a primeira vez.

Hoje apenas nos sentamos, respirando o ar frio e salgado que vem do mar, rimos alto e nos beijamos, embriagados um pelo outro. Quando voltamos ao castelo, percebo que não comemos nada, estamos há horas à base de sexo, confissões, uvas e vinho barato, não lembro a minha última refeição, mas me sinto alimentada.

• • •

É madrugada. Estamos nos braços um do outro e lhe conto uma história que uma grande atriz que conheci me contou.

– Ela sofria de depressão e uma noite, no meio do luto da morte do pai, quase enlouqueceu. Ligou desesperada pro psicanalista, segundo ela um senhor gordo, sem papas na língua, com ares de bufão, que diante do seu desespero lhe fez uma pergunta inusitada: "Em que andar você está?". Ele sabia que ela morava em apartamento. "Oitavo", ela respondeu. "Você tem duas opções", ele disse. "Ou você abre a janela e pula ou você tira a roupa e dança." E ela dançou.

Faço uma pausa.

– Em que andar estamos? – pergunto.

– Terceiro – ele responde. E depois de uma pausa:
– Me parece que temos duas opções, baby.

— As roupas já estão no chão...

Ele me tira da cama, me abraça pela cintura e me conduz pelo quarto num dueto sem música, estamos nus, incrivelmente nus, repouso a cabeça no seu peito, que pega fogo, e balançamos pelo quarto ritmados pelo silêncio, dançando a dança mais sagrada – o nascimento do amor.

•••

O dia amanhece em todo seu resplendor, estou no castelo, nua no sofá, enquanto assisto ao sol nascendo de um lado, Riana e Davi dormindo do outro, nus & entrelaçados. É a primeira vez que estamos nós duas aqui, escrevo no diário como quem pinta um quadro, um quadro infinitamente melhor do que todos os outros porque posso tocá-lo, lambê-lo, desmoralizá-lo com todos os pecados da carne – e se uso a palavra pecado é apenas pela força do seu significado e não pela crença na sua existência, escrevo a palavra pecado porque gosto do gosto da transgressão.

Acordei cedo e levantei pra escrever enquanto eles dormem, fascinada pelas cores da manhã, o sol brotando dourado do mar, a luz rosada do céu, a pele morena de Riana entrelaçada com a pele branca de Davi. Tudo está em promiscuidade: o céu transa com o mar, o vento transa com as folhas e eu em transe com a vida. Quero escrever uma ode à carne, gritar pro mundo que é a carne que permite a comunhão, tanta importância a religião deu ao espírito, tanta importância a ciência deu à mente, tanta importância a filosofia deu à razão. Alguém tem que dar importância à carne! Talvez esse alguém seja uma artista, talvez esse alguém seja eu.

Eu, que por tantos anos odiei meu corpo, que me achei feia e desejei pedaços de outros corpos, que olhava pras amigas querendo o nariz de uma, as pernas de outra, montando pra mim um corpo imaginário e ideal que não o meu, quero agora escrever poesia sobre o corpo que sou e os corpos que toco, quero glorificá-los, gritar pro mundo que tudo de mais maravilhoso que sentiremos nessa vida será por meio do corpo e isso há de ser motivo pra amá-lo.

Ouço os passarinhos cantando lá fora e penso que a Natureza nos deu a benção do êxtase, por que recusá-la?, que desperdício estar viva e não viver. Tem gente que reza e reza e não sente deus, eu gozo e sinto a deusa.

• • •

Pirangi tem um rio e o castelo de Davi fica perto do seu encontro com o mar, por isso sempre podemos escolher entre um ou outro – quase sempre escolhemos o rio, que quase nunca tem gente além de nós na sua margem. Vamos andando pelo centrinho de Pirangi, os três de mãos dadas, trocando selinhos & chamegos, quem está ao redor repara e se abisma, ninguém está acostumado a ver um casal de três, mas seguimos sem interromper os passos.

O rio é escuro e está cheio, a água gelada e correndo, os grãos de areia flutuando como minúsculos diamantes, Riana e eu entramos primeiro, de mãos dadas, enquanto Davi termina seu tabaco na areia. Olho pra correnteza distraída, Riana aperta minha mão, me dá um beijo e diz:

– Ei, sereia. A carne dos teus lábios é mais macia que a carne de uma concha.

– De quais lábios você tá falando? – pergunto.

– Os de cima e os de baixo.

Davi nos observa enquanto rimos e entramos mais fundo no rio. Estamos os três mergulhados quando ele diz:

– Vocês duas são como dois faróis. E eu nadei muito até chegar nessa praia. Hoje... hoje sou grato pelas tormentas que me trouxeram até aqui.

– Depois da tempestade sempre vem a calmaria. – Riana sempre tem algo positivo a dizer.

Então nos abraçamos os três contra a corrente e não consigo conter o amor que arrebenta o meu peito, finalmente verbalizo o que está engasgado na minha garganta:

– Eu amo vocês.

Eles riem e dizem em coro:

– Eu também!

• • •

Os dias que se seguem são de lua de mel ininterrupta. Saio do ensaio, pego Riana, passo em casa pra pegar roupas limpas, colocar comida pra gata e dirijo apressada até o castelo, com Riana no passageiro. Vamos conversando sobre coisas pequenas e cotidianas, conto sobre os ensaios da minha nova peça, os desafios do processo de criação, ela escuta achando tudo maravilhoso, conta sobre seus dias, seus bicos – ela faz de tudo pra se virar, tem um brechó itinerante, faz licor de chocolate, vende brownie na faculdade e pega uns turnos de garçonete num bar em Ponta Negra.

Aos poucos o castelo vai se tornando cada vez mais familiar, Davi deixa o portão aberto e entramos sem pedir licença. Quando ele não está no seu estúdio no terceiro andar, está ajudando o pai na oficina de carpintaria. O pai de Davi, José, é o seu oposto, quase um monge, vegano, *yogi*, espírita, abstento de tudo, especialmente dos prazeres da carne, ele constantemente acusa Davi pelos seus vícios e paixões, pede silêncio, reclama da música alta e dos gemidos, sinto que suas palavras pesam em Davi, Davi se revolta, se sente prisioneiro e não para de tomar café demais, fumar demais, beber demais e transar demais.

De qualquer maneira, José é educado comigo e Riana nas raras vezes que cruzamos com ele, que mora numa casinha separada do castelo, escondida entre as plantas do jardim. Ali fica também a oficina de carpintaria onde às vezes Davi trabalha. Quando Davi vai trabalhar na oficina, Riana e eu permanecemos no seu estúdio, nuas e ociosas, musas à beira-mar, escrevo e leio pra ela, ela cozinha pra mim, me mostra os pratos que tem inventado, pensa em abandonar a faculdade de engenharia, apesar de já estar quase terminando, e se dedicar à gastronomia, pensa em pegar a estrada e se debandar pelo mundo, mas no final das contas não pensa muito, não gasta muito tempo no futuro e fico sempre admirada como ela parece nunca estar perturbada com as incertezas da vida.

Numa noite de sexta-feira, meus melhores amigos vêm nos visitar e mostro o castelo como se fosse meu. Caetano fica chocado com a vista na cobertura, estende os braços pro vento e dança, me dizendo que finalmente entendeu por que estou aqui o tempo todo, danço junto, os pés tão leves quanto o coração.

Betina, com seus olhos verdes e covinhas nas bochechas, passa os olhos ao redor e começa a imaginar um sarau de poesia que começasse na praia e terminasse aqui, *um sarau itinerante*, ela diz. Davi apoia enfaticamente a ideia e eles começam a fazer planos pra que isso aconteça, mas nunca acontecerá.

Meu grupo de teatro é minha segunda família, nos vemos praticamente todos os dias, temos ensaios e reuniões longuíssimas, nos desentendemos frequentemente, mas temos um sonho em comum: queremos viver de arte e esse sonho nos une. Estamos atados também por outras forças, temos uma ligação estranha, profissional e afetiva ao mesmo tempo, com muito amor envolvido, mas muitas cobranças confusas.

Na vulnerabilidade da criação artística, no improviso dos ensaios revelamos muito de nós, desnudamos nossos medos e fragilidades, às vezes mais do que estamos prontos pra revelar e isso nos torna íntimos de uma maneira difícil de descrever, por isso pra mim é importante que eles gostem de Davi e que Davi goste deles – Riana já os conquistou.

    Betina, amiga desde o primeiro semestre da faculdade de teatro, acompanhou de perto todos os meus relacionamentos anteriores, ouviu as histórias dos meus amores efêmeros, foi testemunha dos meus namoros sérios, viu minhas tentativas tanto de me adaptar quanto de me libertar – assistiu a tudo de camarote e enxugou minhas lágrimas muitas vezes. Agora ela acabou de terminar um noivado de cinco anos e é quem mais apoia meu relacionamento com Riana e Davi – agora que ela própria se libertou, parece entender melhor a minha incessante busca por um amor que me deixe livre. Quando Davi se afasta, ela me diz:

– É ele, Mel. É ele o homem pra você. Dá pra sentir a conexão de vocês. Nem parece que vocês se conhecem há tão pouco tempo. Parece que as almas de vocês são amantes de outras vidas.

    Quando ela me diz isso, me sinto tão absurdamente feliz, porque parece a confirmação do que sinto: é ele, ele é o homem que eu desejava, não um menino, um homem, o artista com quem posso criar, o amante com quem não preciso medir as palavras, com quem posso falar abertamente sobre meu passado, minhas fantasias, meus sonhos, o homem com quem não preciso fingir ser outra pessoa, pra quem não preciso fingir inocência, pra quem não preciso fingir ser menos mulher do que sou.

    Sinto que Davi entende, mais do que qualquer pessoa com quem já me relacionei, que pra mim a vida é poesia e que quero fazer da minha uma obra-prima.

Quando ficamos no quarto lendo, escrevendo, transando, tomando banho de banheira, bebendo vinho e confessando tudo... isso é arte e nós sabemos.

Betina concorda com tudo que vejo e digo sobre Davi e, sempre muito enfática nas suas emoções, como boa artista, diz que vislumbra nosso futuro, nossos filhos correndo nus pelo quintal, entre cajueiros & coqueiros, bronzeadinhos, bichinhos de praia, e essa miragem me seduz. Carolina, também amiga antiga, artista visual que desistiu das artes pra virar advogada (e por esse simples fato já se denota que, de todos os meus amigos, ela é a que tem um maior senso prático da realidade ou talvez a menor tolerância frente aos caminhos tortos da vida), nos escuta calada e desconfiada. Depois de um longo silêncio, ela dá seu veredicto:

– Não sei se ele está pronto.

Fico surpresa. Observo-o de longe e o futuro que vislumbro com ele é tão arrebatador que não entendo como ele poderia não estar pronto se queremos a mesma coisa: amar com liberdade, e se vemos a vida da mesma maneira: artisticamente. Então mudo de assunto e digo pra Carolina que no dia que o sarau acontecer ela pode trazer suas aquarelas, sempre tentando trazê-la de volta às artes porque me dói ver sua sensibilidade desperdiçada num mundo de burocracia sem fim. Armando, o amigo com quem tenho a relação mais confusa, o que mais me cobra e constantemente me faz duvidar das minhas escolhas como artista, não fala nada.

Riana, que estava na cozinha, vem farfalhando e trazendo coisas pra comer, há garrafas de vinho rodando, fumaça sendo soprada e estou em êxtase porque estou amando juntar essas pessoas nesse lugar que já se tornou especial pra mim. Caetano tira a roupa pra sentir melhor o vento e fica só de cueca dançando pras estrelas (ele sempre tira a roupa na primeira oportunidade), Davi sorri, porque por esses dias decretou que roupas aqui são meramente opcionais – a decisão foi promulgada numa manhã de sábado em que estávamos transando loucamente e Augusto, amigo de infância de Davi, chegou sem avisar; Davi ficou tão aborrecido por ter de parar o sexo no meio que achou que seria demais ter também de se vestir, então foi abrir a porta pra Augusto nuzinho em pelo e eu, seguindo seu exemplo, recebi Augusto no estúdio nua também, enrolada num lençol azul que não sei como um dia apelidamos de Baby Blue.

À medida que o vinho e a noite descem, Caetano continua dançando, Betina e Armando improvisam cenas, eu, Riana e Davi nos beijamos, Carolina se solta e ri, sei que de longe parecemos loucos (de perto também) e idolatro nossa loucurinha particular, se *diz-me com quem tu andas e te direi quem és* é verdade, estou satisfeita de estar nesse grupo.

Nada me entedia mais do que a insipidez dos que seguem todas as regras sem questioná-las, dos que se resignam com as podas que sofremos constantemente, com as máscaras e cruzes impostas, não quero andar com quem não tem coragem, com quem não se arrisca, com quem não desobedece, com quem fica eternamente na margem, sem coragem de pular, berrando: *Vocês vão se afogar! Vocês vão se afogar!*

Talvez sim. Talvez afundemos. Mas talvez encontremos tesouros lá no fundo. Talvez não. Talvez aprendamos a nadar. E quem sabe o que a outra margem nos reserva?

• • •

Acabamos de chegar ao castelo de um luau na praia, uma madrugada inteira com amigos ao redor da fogueira que Davi fez, contando histórias, bebendo vinho, dançando de pés descalços na areia, Riana está cansada e vai direto pra cama num passo sonífero e lento, o seu mundo embaçado por detrás das pálpebras pesadas de maconha e amor, ela revira os olhinhos pra mim e Davi, diz que somos fantásticos, deita e adormece quase imediatamente, nossa bela adormecida tropical.

Tiro a roupa, deito nua ao lado dela, me enrolo no lençol Baby Blue, mas não estou com sono, pelo contrário, estou adocicada e acesa, olho pela janela o cajueiro, o mar, os primeiros raios de sol, o dia amanhecendo dourado, respiro fundo, faço minhas mãos dançarem no ar, me sinto profunda e absurdamente no meu corpo – estou tão aqui que meus átomos festejam e meu coração corre solto a galope no peito.

Davi vem, senta no chão perto de mim, encosta o nariz no meu, faz um carinho no meu cabelo embaraçado, me mira com olhos arruinados e nessa mirada me sinto derreter feito caramelo, *borbulha café por dentro da pele dele*, penso, *por isso ele é tão quente, por isso ele ferve e me faz ferver* – pela visão periférica assistimos em silêncio a mais um dia nascer, e a essa altura já perdi as contas de quantos dias temos visto nascer juntos.

Estou aqui e tudo é luz, tudo é belo. Então uma coisa estranha acontece, por um instante tudo lá fora silencia subitamente, todos os sons, parece que as ondas pararam de quebrar, o vento parou de soprar, as folhas não farfalham, na rua ninguém acordou, o silêncio é tanto que não escutamos nada além dos tambores do nosso peito, nada além do nosso amor em transe.

Então uma mosca passa rasgando o silêncio e o mundo parece acordar de novo, os pássaros começam a cantar lá fora, as ondas retomam o seu vai e vem, a rua e a natureza acordam – o silêncio foi apenas uma trégua pra que pudéssemos nos ouvir. Davi me beija e já não sei se estou deitada na beira da cama ou na beira de um precipício, a sensação é de vertigem.

Depois do que parece uma pequena eternidade, ele levanta e vai colocar água pra ferver, levanto também, abraço-o, sinto a quentura do seu corpo, e enquanto ele passa café conversamos baixinho sobre o conforto de ter nossas loucurinhas particulares aceitas e amadas, de ter encontrado casa no peito um do outro – ele faz piadas bobas e inventa motivos pra me fazer rir, como se essa euforia que sentimos não fosse suficiente, eu rio e rio e rio baixinho, como é que a gente veio parar aqui?, então ele olha fundo dentro dos meus olhos e me diz que eles têm cor de mel.

Cavo dentro do seu olhar e lhe digo que os seus têm co_ _ _ _ _ _ _rde-musgo, o que ele acha muito engra_ _ _ _ _ _ _ _ _ ma gargalhada alta, olhamos pra Riana, mas ela não acorda, ele abafa o riso e com a voz baixa de novo responde:

— Esse é o jeito mais bonito de dizer que eu tenho olhos cor de bosta.

Defendo veementemente o pântano no qual me afundo com tanto prazer.

— Não! É um pântano onde o sol penetra — explico. — É verde-musgo, mas tem umas partes mais claras. Talvez seja onde os raios do sol tocam. É um pântano mágico. É um pântano onde eu, ninfa, poderia habitar. Colher frutas silvestres, viver em transe.

— E a gente já não vive? — Ele dá uma piscadinha.

Sento no sofá debaixo da janela, ele encosta no parapeito bebericando seu café, o sol persiste encandeando o quarto, vejo-o dourado, meu Dionísio, toco o seu peito quente, sua barriga firme, desço a mão pelo seu corpo e encontro seu pau duro por debaixo da calça de linho, tiro sua calça com meus dedos finos e ponho seu pau na minha boca.

Davi sorri, deixa a xícara na janela e segura minha cabeça com as duas mãos, engulo tudo até o talo, sinto seu corpo tremer e chupo chupo chupo até ele explodir com um gemido abafado e eu sentir seu gosto no céu da minha boca.

É um gozo longo e iluminado. Ele abre os olhos e me olha com olhos arregalados. Ainda estou sentada no sofá, então ele ajoelha no chão, afasta minhas pernas, abre minha buceta com mãos suaves, mas firmes, como quem abre um livro sagrado, olha pra ela absorto e suspira que ela é tão linda, tão molhada, escorrendo lírios, ele me cheira, me chupa, m   ussurra:

— É doce, como a chuva do nosso primeiro encontro. Teu mel. É ambrosia. Eu poderia me alimentar só de você, por dias sem fim.

Minhas pernas tremem enquanto ele insiste com a língua, sugando persistente sem errar o ritmo, sem pecar na força, exato, perfeito, como se me adivinhasse, mas quando estou prestes a gozar ele para, maldoso, me contorço e peço, *por favor*, ele sussurra *me diz o que você quer* e balbucio *teu pau, amor, você*.

Davi fica em pé, duro de novo, o pau empinado na minha direção, se ajoelha no sofá e mete, sinto seu pau derrapando pra dentro de mim, a buceta toda aberta, esperando por ele, enfio dois dedos na sua boca, que ele lambe e lambuza, com esses dedos me toco enquanto ele continua metendo, devagar e constante, sinto o gozo chegando, me controlo pra não gritar, e como o grito não sai o gozo parece me implodir por dentro, por um momento não vejo nada além de luz, uma luz branca e dourada invadindo tudo, com a consciência longe, perdida nesse mar de luz em que me banho, sinto Davi gozando junto comigo.

• • •

Estamos numa festa em Pium e agimos como se fosse usual um casal de três, Davi conversa com amigos, danço com Riana, tão linda, tão terrena, usando um colar com uma grande pedra verde brilhando no centro do seu peito. Descubro sua nuca, escondida pela cascata dos seus cabelos, dou um cheiro, ela se arrepia e sorri.

Deixo-a por um instante e vou pegar uma água no bar, encontro Augusto no meio do caminho, o amigo de infância de Davi que está se tornando meu amigo também. Sua família tem uma casa de praia em Pirangi e ele constantemente está por lá, por isso temos compartilhado muitos dias juntos, muitas conversas sobre arte, muitos mergulhos no mar e no rio.

Pergunto como ele está e ele diz que está ótimo, que passou o dia com amigos fazendo música e que agora já está muito louco porque bebeu quase uma garrafa inteira de uísque com Nicolas – quando escuto o nome Nicolas, meu coração tem um sobressalto, não o vi desde aquela noite fatídica que começou no seu fusca e terminou na minha cama.

Augusto continua falando, bêbado, empolgado, mas já não escuto, procuro Nicolas por cima do seu ombro e ao redor, até que Augusto pergunta se quero ir lá fora com ele, ele explica que quer pegar um ar e dar mais um gole no uísque que ficou com Nicolas, já que não podem entrar com bebida. Digo que sim prontamente.

Vou de braços dados com Augusto, saímos da festa, me sinto boba, nervosa, o ar está fresco na rua, logo vejo Nicolas encostado no fusca, conversando com duas meninas que conheço de vista. Num impulso solto o braço de Augusto e caminho numa reta até Nicolas, deslumbrante e certeira, confiante dentro do meu vestido longo vermelho sem nada por baixo, com passos de onça, fazendo da reta um desfile, convocando toda a minha autoestima pra esses seis ou sete passos.

Observo com certo orgulho a reação que causo, Nicolas me vê e perde as palavras, deixando pela metade a conversa que entabulava, percebo seus olhos arrebatados e fixos em mim, mas quando a distância é mínima já não calculo meus movimentos e simplesmente faço o que quero fazer: pulo nos seus braços sem pensar e fecho os olhos dentro do seu abraço, Nicolas me abraça com tanta força quanto o abraço. Sinto o seu coração batendo rápido junto do meu. Quando nos descolamos, vejo-o de perto e o desejo, sem muitos preâmbulos pergunto se posso beijá-lo e ele, surpreso, desconcertado, balbucia que sim – nos beijamos. Há algo aqui entre nós, uma faísca, eu sei que há, não estou maluca, não estou sentindo sozinha. Quando nossas bocas se separam, o que me parece pouco natural, ele me pergunta o porquê desse desejo tão súbito. Respondo apenas:

– Não é súbito.

Quero continuar ali com ele, mas depois do beijo ele parece se dar conta do mundo ao redor e se lembrar das meninas com quem estava conversando (e talvez paquerando?), não sei, talvez tenha se lembrado simplesmente que eu sou eu, livre e promíscua demais pra ele, não sei o que ele faz que faz com que eu leia tudo isso, talvez um rápido olhar pro lado, um passo pra trás, não sei, mas fingindo superioridade me despeço antes que ele possa se despedir, não por vontade, mas por orgulho, pra me prevenir de qualquer rejeição.

Augusto fica com Nicolas terminando o uísque, volto pra festa sozinha, procuro por Riana ou Davi, encontro Davi primeiro e lhe conto o que acabou de acontecer, ele ri, pergunta se Nicolas gostou do beijo, respondo fracamente que não sei, Davi me percebe amuada, me abraça e diz:

– Ele não sabe o que tá perdendo. – E me beija apaixonadamente.

Fico entre comovida e agradecida. Sinto então uma certeza sólida de que Davi é o homem que procurava, o homem que aguenta me ver viver, que me admira pela minha coragem, que compreende que o mundo dá duas opções de existência pras mulheres, santa ou puta, e que isso é pouco, sabe que sou tudo, santa, puta, bruxa, bicho, deusa. Emocionada, beijo as mãos de Davi.

Nesse exato momento, como que por gracinha do Universo, num timing irônico, Nicolas aparece e vê esta cena: eu beijando as mãos de Davi. Ele cumprimenta Davi meio sem jeito, como se nada tivesse acontecido e sai. *Talvez*, penso, *o papel de Nicolas tenha sido abrir caminho pra que Davi pudesse reinar.*

• • •

Riana viaja pro interior, onde tem família, avó e primas que não a rejeitam como a mãe e o pai, e pra onde gosta de ir pra se conectar com suas raízes, ficamos só eu e Davi dias e noites sozinhos no castelo, no sábado ele sai pra um curso de hipnose que lhe vai tomar o dia inteiro e mesmo assim não volto pra casa, não consigo, continuo aqui, respirando o ar impregnado do nosso sexo. Tomo um banho solitário de banheira, me perfumo com óleo de maracujá, me visto com uma saia longa branca e uma blusa de cetim branco, sempre sem nada por baixo, me sentindo maravilhosamente pura & fresca.

Quando Davi volta estou na cobertura comendo manga-rosa e escrevendo sobre ele, tentando compreender esse homem de apenas vinte e cinco anos (ninguém acredita, por suas rugas, suas histórias, seu ar de poeta e louco), que passou os últimos oito anos vagando pelos Estados Unidos e Havaí, trabalhando em parques nacionais como lenhador ou como *farm boy* em plantações de maconha, nunca ficando mais de oito meses num só lugar, perambulando pelo mundo regado a uísque barato, café & tabaco, colecionando experiências inacreditáveis e tatuagens ordinárias, que enchem seus braços agora castigados de sol.

Ele é um personagem tão fascinante que não resisto a querer pintar mil retratos seus, inconclusos, imparciais, delirantes. Suas histórias são sempre extraordinárias e arriscadas, sempre começando de qualquer jeito absurdo como *uma vez eu saltei de um trem no Oregon* ou *uma vez conheci um falcoeiro na rodoviária de Portland* e assim por diante, percebo que muitas vezes as suas histórias são autodestrutivas, mas sempre contadas com tanto humor e tanta insolência que a escuta deixa passar o quanto ele desgasta o próprio corpo, o quanto sempre denuncia sua falta de fé em si mesmo, mas não eu, eu escuto quando ele deixa escapar *eu magoo as pessoas, é isso que eu faço* ou *eu sou apenas um fracassado*, eu enxergo quando ele ri com a boca e desacredita com os olhos, e por isso desejo, cada vez mais, abarcá-lo no escudo do meu amor.

Numa dessas noites saímos só nós dois num *date* (o que é raro) e estávamos especialmente apaixonados, num restaurante na beira da praia, dando as mãos por cima da mesa, uma vela tremeluzindo entre nós, quando ele me disse:

– Eu tô só esperando o momento em que você vai descobrir que sou uma farsa, o escritor que não escreve. Vastamente fracassado.

– Como assim não escreve? E todos aqueles poemas, papéis datilografados, bilhetes deixados no meu travesseiro? – tento defendê-lo, como se não soubesse que não podemos defender ninguém de si mesmo, mas ele é irredutível, acha que estou apenas tentando consolá-lo, então lanço minha última cartada: – Você acredita em mim, não acredita? – Ele aquiesce. – Você me admira enquanto artista, não admira? – Ele aquiesce. – Eu nunca me apaixonaria por um escritor ruim.

Ele ri, mas ainda não compra meu argumento, me olha como se eu estivesse tão somente sendo gentil, então continuo e lhe digo que ele escreve anarquicamente, como ele vive, e isso tem potência, *baby, isso é real*, insisto. Ele tenta mudar de assunto e diz que eu escrevo artisticamente, como vivo, e por isso ele me ama.

Estou escrevendo na cobertura do castelo sobre tudo isso quando ele chega sorrateiro, dá um pulo sobre o banco onde estou sentada e cai certeiro ao meu lado, ágil e ligeiro, suado & sorrindo.

– Eu tava te esperando – digo. – Eu que odeio esperar, que não tenho paciência, que tenho gula e gana de tudo sempre imediatamente, te esperei. E não te esperei sofrendo, não te esperei como num suplício, como uma sentença, como uma promessa ruim. Te esperei feliz, te esperei contente, te esperei grata pela espera. Sabe o que isso significa? Que esperei pelo amor e encontrei você.

Ele se comove.

– Te amo, ariana.

Ultrapassamos todos os limites de dizer eu te amo. Trepamos dizendo eu te amo.

Comemos dizendo eu te amo. Dormimos dizendo eu te amo até finalmente adormecer. Reclamamos que eu-te-amo são palavras gastas, não são suficientes.

– Eu preciso que você entenda que eu-te-amo. – Ele, apesar de rebelde, sabe ser graciosamente romântico de vez em quando.

– A gente precisa de palavras ainda maiores – respondo.

– A gente precisa inventar um novo verbo.

Pensamos em silêncio.

– Eu te vasto – ele sugere, os olhos brilhando ensandecidos.

Rio porque ele é a cara dele, ele adora a palavra "vastamente" – sempre arengo com ele dizendo que ninguém usa essa palavra em português.

– Eu te vasto... – repito e gosto. – Sim. Eu te vasto, baby.

– Eu te vasto, amor.

• • •

Estamos jantando quando Davi comenta que encontrou Nicolas por esses dias e que ele tinha falado umas coisas estranhas, *que coisas?*, pergunto e percebo que ele resiste em me contar, diz que não foi nada, mas insisto. Então ele diz que Nicolas começou do nada, segundo ele, a falar de mim.

Tento parecer impassível, como se não me importasse, meramente curiosa. Davi parece acreditar e continua, conta que Nicolas falou pra ele que eu tinha corrido atrás dele naquela festa em Pium onde nos encontramos a última vez e o tinha beijado sem permissão na frente da pessoa com quem ele estava.

– O quê?! – fico revoltada.

Pergunto o que mais ele falou, mas Davi percebe que me afetei e diz que é besteira, faz menção de desconversar, mas insisto de novo e ele cede, fala que achou engraçado Nicolas começar a falar mal de mim, meio que em tom de fofoca, quando sabe muito bem que estamos juntos – *tão quinta série*, ele fala rindo.

– É recalque, Mel, é ego de macho ferido. Ele sabe que te perdeu e não gostou de ver que quem ganhou fui eu.

Tenho vontade de perguntar todos os detalhes, cada exata palavra que Nicolas usou, mas me sustento no meu orgulho e continuo sentada muito blasé e dou de ombros como se nada disso me tocasse, mas a verdade é que por dentro me sinto como que apunhalada, sei que não é nada, que é uma intriguinha ridícula e infantil, mas aquela noite foi uma das noites mais bonitas que já vivi, ele maculou meu repertório de beleza.

Escrevo diários, *pelo amor da deusa*, é evidente que pra mim o passado tem uma importância mais que histórica – uma importância poética. Minha vida é minha obra. Por isso, de todos os males que alguém pode me causar, macular a memória de algo sagrado, algo que *eu* elevei à categoria de sagrado (e sagrado porque poético), é um dos maiores golpes, é como uma punhalada pelas costas.

Nicolas não só desceu o fusca das nuvens, mas o aterrissou numa realidade comum, escassa, medíocre.

• • •

É um sábado qualquer, na noite de ontem Riana e eu viemos pro castelo, mas hoje ela sai cedo de manhã porque tem um trabalho em Natal e o ônibus passa de hora em hora, Davi e eu não temos nenhum plano nem compromisso, então abrimos um vinho às dez horas da manhã enquanto eu leio trechos dos diários de Anaïs Nin pra ele e ele dá play em entrevistas gravadas de Henry Miller pra mim – Anaïs e Henry, nossos ídolos literários e amantes na vida real, unidos pela carne e pelo verbo. Minha próxima peça, um monólogo, é sobre Anaïs – na verdade é uma mistura dos seus diários e dos meus.

A verdade é que cada vez mais nos sentimos um pouco como eles: Anaïs e sua elegância, sua crença no maravilhoso, sua tendência a embelezar, a elevar tudo, o sexo, o amor, os próprios erros; Henry e sua brutalidade, sua descrença sobre os homens e o mundo, seu andar cínico, embriagado e torpe, suas palavras violentas e sujas – ambos carentes e feridos, buscando incessantemente uma coisa que não tem nome. Como eu e Davi.

Depois das nossas trocas literárias, Davi e eu sempre ficamos maravilhosamente inspirados, tiro a roupa, entro na banheira, me deixo embalar pelo inglês grave de Davi falando sobre Henry, vou tragando tudo devagar. Uma hora Davi vem até mim, tira a roupa também, entra na banheira, nos beijamos, molhados, intensos e começamos um sexo potente e selvagem, mas antes que mergulhássemos fundo um no outro ouvimos alguém gritar o nome de Davi lá embaixo.

Davi pula da cama, olha pela janela, vê que é Augusto chegando mais uma vez sem avisar, me avisa que ele está trazendo alguém, enrola um lençol na cintura e vai abrir a porta com o pau ainda melado de mim. Levanto e me visto com má vontade porque ainda não gozei. Quando me excito e não gozo fico num mau humor insuportável, por isso quando Augusto entra no estúdio com sua mais nova *tinder date* (quase sempre ele vem acompanhado por alguém diferente) não estou muito simpática.

Augusto é tão alto que mesmo que eu fique na ponta dos pés ele que tem de se abaixar pra me abraçar, e apesar da sua altura seus gestos são de criança, há algo de pueril e delicado nele, nos seus cabelos cacheados, no seu sorriso sem malícia, algo doce. Quando ele e a acompanhante da vez chegam, sei que a atmosfera está pesada de sexo – a interrupção da nossa transa fez o ar ficar mais denso, cheio de faíscas, prestes a explodir.

Sentamos os quatro na cama, Augusto explica que estavam indo pra praia e resolveram dar uma passadinha, jogamos conversa fora e o tempo todo penso numa orgia, por que não?, alguém tem algo melhor pra fazer nessa manhã de sábado?

Quando passo por Davi, não tenho pudor em deslizar a mão por cima do seu pau num gesto que pra mim é um gesto romântico, mas vejo pelo canto do olho que a acompanhante de Augusto se envergonha e finge que não percebe, quando Davi fala qualquer coisa pervertida, como uma hora ou outra ele sempre fala, ela ri nervosamente e Augusto não morde a isca, Davi e eu achamos graça, mas também estamos entediados.

Quando finalmente vão embora, suspiramos aliviados porque podemos voltar pra onde paramos, mas por educação os acompanhamos até lá embaixo e nos despedimos deles no portão. Antes de entrar no castelo, na ponte sob o fosso, Davi vira pra mim e diz que, apesar das interrupções, gosta de receber amigos na *nossa* casa.

• • •

Um aniversário forjado a fogo, água, saliva e suor – esse é meu aniversário de vinte e cinco anos. Os festejos começam no bar onde Riana às vezes trabalha em Ponta Negra, enquanto Davi e eu esperamos que ela termine seu turno sentamos numa mesa com Carolina, minha amiga, que está acompanhada do namorado e do irmão gêmeo do namorado.

Carolina me puxa pra um canto, exaltada, pra contar que não aguenta a relação dos dois, que um sempre acompanha o outro, como que unidos por um invisível cordão umbilical, que ela até tentou se beneficiar da situação de alguma maneira propondo uma experiência a três, mas que o namorado desconversou e não deu brechas pra continuação do assunto.

Quando Riana termina o expediente, me despeço de Carolina e saímos os três abraçados, pra variar chamando atenção porque ninguém entende um casal de três, mas não ligamos, na verdade gostamos de exibir nosso afeto sem pudor nem piedade. É sábado de aleluia, é lua cheia, é meu aniversário, estamos felizes e rindo por qualquer coisa – Riana me puxa pra dançar uma valsa no meio da rua vazia e Davi assiste com os olhos brilhando.

Então estamos mais uma vez na Rota do Sol rumando em direção à noite, chegamos ao castelo, subimos as escadas, esses degraus que já posso subir de olhos fechados e entramos no estúdio de Davi rindo muito de qualquer coisa, rompendo o silêncio e a escuridão. Riana abre um vinho e nos serve, Davi levanta sua taça e brinda:

– À mulher que adoça nossas vidas.

Brindamos e rimos mais. Riana está sentada na beira da banheira rindo aquele seu riso leve, Davi está sentado na cama escolhendo uma música no computador, estou em pé usando uma saia curta e apertada, que logo troco por uma saia longa, tenho o cuidado de fazer isso lenta e vagarosamente pra que o espetáculo da minha calcinha fio-dental não passe despercebido – não passa, eles suspiram exageradamente, então pego a deixa, tiro a calcinha e jogo na direção deles, que fingem que lutam pra ver quem pega.

Nossas bocas têm gosto de vinho e doce, o quarto está perfumado com cheiro de erva, conversamos sobre tudo, sempre rindo, rindo até a barriga doer, e quando esvaziamos as taças decidimos que é hora de descer pro rio. Descemos as escadas, mas, em vez de sair pelo portão que dá direto na rua, Davi diz pra irmos no jardim antes porque ele tem uma surpresa. Enquanto esperamos no jardim, sopra um vento frio, uso minha canga como um véu cobrindo a cabeça, Riana faz um carinho no meu rosto e confirma:

— Você tem mesmo olhos marroquinos.

Adoro que ela diga isso porque adoro essa história. Aconteceu quando eu estava viajando pelo Marrocos e no meio da Medina de Marrakesh uma árabe me parou, pegou na minha mão, fazendo menção de tatuá-la com hena, puxei a mão rapidamente porque já sabia que isso não seria de graça, que ela iria cobrar, e respondi em inglês que não tinha dinheiro. A mulher fez uma pausa, olhou pra mim, pro meu rosto, pros meus olhos pintados de preto, então pegou minha mão mais uma vez com certa violência e disse em mal inglês que era um presente — porque eu tinha olhos marroquinos.

Não sei por que essa lembrança me é tão doce, por que gostei tanto disso, sorrio pra Riana e lhe dou um beijinho, nessa hora Davi aparece, sem camisa, com um carrinho de mão cheio da lenha que cortou mais cedo.

— Pra comemorar seu aniversário com uma fogueira — ele diz, radiante.

Vamos andando até o rio, é tarde e as ruas estão vazias, Davi vai na frente carregando o carrinho de mão,

Riana e eu vamos atrás comendo-o com os olhos, observando a dança dos seus músculos em ação, a luz amarelada dos postes chapando tudo em âmbar.

Chegamos à beira do rio e Davi começa a preparar a fogueira, nós o observamos cortando com um facão a palha seca dos coqueiros, meticulosamente preparando a arquitetura do fogo: primeiro cava um buraco na areia fina, nele coloca um pouco da palha do coqueiro, depois faz uma pequena pirâmide com os menores pedaços de madeira, por cima disso vai colocando a lenha grossa, pedaço por pedaço. Então põe fogo na palha e assistimos às chamas crepitarem e subirem.

Riana e eu escolhemos o melhor lugar para estender nossas cangas, bebemos o resto do vinho, tiramos a roupa e corremos pra dentro do rio gritando por Davi, ele corre e nos alcança, com a água nos joelhos lembro que não tirei os brincos e volto pra deixá-los na areia, de longe vejo a silhueta dos seus corpos nus, iluminados pelo fogo e pelo luar, e me sinto atravessada por essa beleza.

Mergulho na água fria e corro pra dentro do abraço dos meus dois amores, nos abraçamos pra nos aquecer e ficamos ali olhando o céu e sorrindo, encangados, palavra que melhor nos descreve e que Riana adora usar. A água está gelada e o vento fresco, começamos a tremer de frio e rumamos pra beira da fogueira. Em pé, ainda abraçados, mas em silêncio, deixamos as gotas doces evaporarem e assistimos ao fogo queimar, lembro algo que meu primeiro namorado me falou ao que parece muitos anos atrás, a história de um faraó que quis prestar uma homenagem à sua amada e ergueu sobre as dunas do Egito duas estátuas, ele e ela, sentados um ao lado do outro, olhando à frente. Meu primeiro namorado me disse e eu agora digo pra Davi e Riana:

— Talvez esta seja a melhor representação do amor, não dois amantes olhando um pro outro, cegos pro mundo ao redor, mas sim dois amantes olhando juntos na mesma direção. Três, no nosso caso. Acho que a gente olha na mesma direção.

— A direção de querer que não prende — Riana completa e concordamos com a cabeça.

Davi solta um suspiro e grita que está tão feliz, tão feliz — sinto meu coração inchar como se fosse explodir, sei o quanto é difícil pra ele se entregar à felicidade, o quanto ele acha que merece o sofrimento, como acha que merece, com toda justiça, ser continuamente aniquilado pela vida, e o ver assim pleno, alegre, leve, me embriaga mais do que qualquer vinho.

Enquanto ele alimenta a fogueira que amorna, Riana e eu nos deitamos nas cangas e no breve momento em que fico de quatro ela desliza as mãos pelas minhas costas e sinto um arrepio, a esta hora já estou louca pra dar, já são quatro e vinte da manhã, quero voltar pro castelo, mas Davi e Riana ainda têm muita lombra pra arriar e dizem que querem pular do trapiche antes de voltar pra casa — vencida, coloco uma das minhas músicas favoritas na caixinha de som portátil, visto minha saia longa e danço, danço, danço, os seios nus, os pés descalços, levada pela leveza insuportável desse momento, por esse vento pacificador, tudo é bom, tudo é bonito, tudo é poesia, Riana está deitada me assistindo dançar, Davi está com os pés dentro do rio fumando um tabaco, e eu continuo dançando, movida por um prazer que me queima por debaixo da casca úmida, uma completude no ventre, no quadril que ondeia, nas mãos que enrolam o ar, danço pra lua, pras estrelas, pra profanação, pros meus amores... danço pra mim.

Então eles querem pular do trapiche, prefiro transar, sempre impaciente, mas como não se deixar seduzir por esses dois?, caminhamos pela areia até o encontro do rio com o mar, a maré está cheia e minha visão parece mais nítida que o normal, o sol começa a nascer por trás de nuvens pesadas no horizonte, laranja, queimando, o mar está escuro, as águas parecem espessas como piche, alguns pescadores já estão acordados no trapiche – pulamos.

...

De volta ao castelo, resolvemos nos massagear: primeiro Riana, depois Davi, escolho ser a última. Quando chega a minha vez, fecho os olhos e me entrego às quatro mãos que parecem muito mais do que quatro, tentáculos carinhosos que deslizam pelo meu corpo cansado, isso me surpreende: conforme abandono meu corpo na cama me percebo cansada, terrivelmente cansada, um cansaço existencial, estou cansada dos meus dramas, da minha ansiedade, dos meus medos, da dor que carrego e nutro sem saber que estou nutrindo – *sou jovem demais pra me sentir assim tão dolorida*, penso.

É com muito esforço que vou me entregando, parece que resisto, parece que tem uma parte de mim que tem medo de se dar e perder, uma parte de mim que na verdade não sabe receber, que está louca pra receber, mas se fecha, assustada, um bichinho medroso e carente, mas eles vão me massageando tão devotamente que vou amolecendo. Eles começam na cabeça e vão descendo, quando chegam aos tornozelos me preparo pra agradecer achando que a massagem vai acabar, porque foi por aí que a massagem dos dois terminou, mas pra minha surpresa a minha vai além: eles começam a massagear meus pés.

Minha primeira reação é susto e vontade de interromper tudo. Ainda não me sinto confortável com pessoas olhando meus pés de perto, minhas cicatrizes, meus ossos tortos, respiro fundo – nenhum dos dois, nem Riana, nem Davi, jamais os tocou. Nesse contato inesperado, me emociono mais fundo do que o rio em que nos banhamos, só eu sei o que significa esse toque, só eu sei o que é me deixar ser tocada na parte mais frágil e íntima do meu corpo, tenho vontade de chorar, mas choro um choro estranho, seco, sem lágrimas.

Antes que fique mais emotiva do que já estou, as quatro mãos voltam a subir pelo meu corpo, agora mais leves, maliciosas, me viram de barriga pra cima, me olham com olhos que devoram, Riana me beija na boca e Davi no pescoço, apertam e chupam meus mamilos, exploram o vão entre minhas pernas, sinto um, dois, três, quatro dedos dentro de mim, me entrego, sou um banquete e eles se lambuzam.

Acarinho seus cabelos enquanto eles me lambem e amassam, uma corrente de eletricidade percorrendo todo o meu corpo, como sou a aniversariante tenho todas as honras, eles vão me lambendo a barriga, os ossos do quadril, as beiras do sexo, param diante dele e se olham, cúmplices, com sorrisinhos selvagens, mal-intencionados, como se planejassem contra mim, insurgentes.

Logo tenho duas cabeças enterradas entre minhas pernas muito abertas, uma mulher e um homem, língua abrasiva e lábios leves, não consigo distinguir o que está acontecendo, eles se revezam, meu clitóris acende e se inflama, os dois se asfixiam na luta pelo espaço pra me chupar, Riana desiste, levanta a cabeça pra respirar, deita do meu lado e enfia os dedos dentro de mim enquanto Davi continua chupando – definitivamente essa é sua especialidade, ele suga o clitóris com os lábios e pincela a língua primeiro devagar, depois mais rápido, aos poucos freneticamente, Riana também sabe muito bem o que fazer, a essa altura já conhece bem meu ponto g e usa os dedos como um gancho pra massageá-lo.

Vou ficando cada vez mais molhada, molhada, molhada, *devo estar no Paraíso,* penso num flash enquanto gozo jorrando, deixando na cama uma poça.

Davi conclui com a única explicação possível:

– Tem um rio dentro de você.

• • •

Estou deitada de costas no colchão e Davi de joelhos me penetra, abrindo minhas pernas e apoiando as mãos nelas. Ele me come me olhando bem fundo dentro dos olhos, como se pudesse me penetrar por aí também. Riana me beija os lábios, a nuca, os seios e, cuidadosa, afasta meu cabelo do rosto pra que Davi possa me beijar também.

• • •

Riana se masturba enquanto Davi me come, então saio de debaixo dele e me reposiciono, ficando de quatro pra ele com a cabeça entre as pernas de Riana, ela tira os dedos do meio do caminho e deixa que eu a chupe, sinto seu cheiro forte e absorvente, seu gosto de cacau, Davi continua metendo, segurando meu quadril com as duas mãos e chupo Riana até ela gozar baixinho e sorrindo.

• • •

Beijo Riana, encostando meus seios pequenos nos seus seios fartos, bunda na direção de Davi, que nos observa com o pau na mão. Ele se aproxima, penetra-a, ela geme dentro do meu beijo e goza de novo.

• • •

Davi se deita de costas no colchão, coloco seu pau na boca, ele está duro quase explodindo, Riana senta no seu rosto e ele a chupa, ela começa a mexer o quadril pra frente e pra trás enquanto eu o chupo, pra cima e pra baixo, gemidos alternados povoam o quarto, ela goza mais uma vez e cai ao seu lado no colchão, ofegando e chamando por deus.
— Ele está no meio de nós — Davi diz.

• • •

Chupo Davi enquanto Riana, cansada, os olhinhos quase fechando, faz um carinho leve no seu peito e o beija, preguiçosa, ele geme, seu corpo de estátua grega tenso de prazer, continuo chupando, chupando, chupando — até ele se derramar inteiro no céu da minha boca.

• • •

O sol encandeia dentro do estúdio, fazendo suar a pele dos meus amores, devem ser sete, oito da manhã, não sei, sei que acabei de fazer vinte e cinco anos e estou no meio de Riana e Davi, abraçada por todos os lados — eles adormeceram num instante, cansados e em paz, mas não consigo dormir. Muito aos poucos sinto ele vir, como uma trepadeira crescendo por dentro de mim: o medo. Ele vem na forma de um pensamento fugaz, mas poderoso, *e se um dia eles não me quiserem mais?* — com esta única pergunta, o veneno se espalha.

Quero abrir os olhos pra ver se meus amores continuam aqui, é claro que continuam, sinto o calor dos seus corpos, escuto seu respirar, mas logo o pensamento se retorce, *e se eles acordarem e não me quiserem mais?*, preciso abrir os olhos pra ver que não foram a lugar algum, pra ver que não me abandonaram, que estão aqui, aqui comigo, *mas e se um dia isso mudar?, e se se amarem entre si e eu for um fardo?, e se me abandonarem?*

Com muito custo caio num sono intermitente e agitado, os olhos se revirando sob as pálpebras exaustas, de repente sinto meus pés molhados, meus tornozelos, minhas pernas, o sexo subitamente congelado, abro os olhos bruscamente e me vejo boiando num rio escuro, o céu por cima de mim não é bem um céu, é uma escuridão sem nuvens e sem estrelas, um pretume sem profundidade, assim que tomo consciência de que estou boiando começo a afundar, me desespero, bato as pernas e os braços como se não soubesse nadar, penso que vou morrer – é aí que avisto Davi e Riana em algum lugar na margem, sérios e mudos, a visão deles me dá alguma esperança, grito seus nomes, mas eles não escutam, luto com mais força pra me desvencilhar das algas que me prendem, consigo nadar até a beira do rio, rastejando e cuspindo e engasgando.

Então tudo muda e já não estamos nesse rio e sim num trapiche muito mais longo do que o de Pirangi, estou na praia e Davi e Riana estão longe, lá no fim do trapiche, um barco se aproxima, vejo que atrás deles há duas malas, entendo prontamente que estão indo embora pro Havaí, começo a asfixiar, engasgo, cuspo, vomito pequenos bichinhos do rio.

De repente tudo muda mais uma vez e estamos num quarto claro, iluminado, sem móvel nenhum, estamos os três nus, sentados no chão, eu de frente pra eles, que estão lado a lado, como dois budas impassíveis, encosto minha cabeça nos seus ombros e com gestos simétricos aliso os dois ao mesmo tempo, primeiro a pele do rosto, queixo, pescoço, peito, barriga, sexo, pernas, pés... isso é uma despedida, eu sei sem precisar de palavras e, meu deus, como dói, levanto os olhos pra eles e meu rosto está ensopado de lágrimas doloridas, choro, choro, choro copiosamente até cair em posição fetal, derrotada, minúscula, com a cabeça no colo dos dois e a súbita ciência de que não estou pronta pra me despedir. Humilhada e pequena repito: *eu não sou a pessoa que fica, eu não sou a pessoa que fica, eu não sou a pessoa que fica.*

Acordo sem conseguir respirar. Eles ainda estão aqui.

• • •

Volto pra Pium depois de não sei quantos dias enfurnada no castelo. A casa está empoeirada e a gata sem comida, quando abro a porta ela vem se esfregar em mim carente e faminta, fico de cócoras e a aperto até ela querer fugir. Escuto os cômodos vazios e subo pro meu quarto.

Riana e Davi ficaram no castelo e uma parte de mim quer voltar correndo, imagino os dois trepando, rindo, se amando, olhando nos olhos um do outro e sinto uma febre, uma vontade louca de me enfiar no meio, mas já não é tesão, é vontade de impedir qualquer coisa.

    Estou deitada na cama olhando pro teto quando chega uma mensagem de Riana no meu celular: uma foto dela chupando o pau de Davi. Sei que eles me mandaram pra dizer que estão pensando em mim, pra me convidar a voltar, mas respiro com dificuldade e odeio a foto e odeio odiá-la – não quero admitir que sinto o que sinto, e mesmo sem coragem de nomear, sei muito bem o que é isso que cresce por dentro de mim como um tumor: ciúme.

    • • •

Quando não sei o que fazer, escrevo. Escrevo pra Davi uma súplica disfarçada:

    E se dentro da nossa pele correr um rio de lava e no nosso peito arrebentar um vulcão? E se nossas carapaças duras se dissolverem e ficarmos abertos e vulneráveis? E se nesse oceano indizível nós nadarmos até nos encontrarmos? Te advirto: o caminho é longo e cheio de destroços.

    E se eu estiver de olhos fechados por causa das lentes de contato e confundir tua mão com uma água-viva e te afastar, você ainda grudará em mim os teus tentáculos? E se mesmo assim nesse toque eu me queimar, você vai lamber a ferida?

    E se o sal que escorre das minhas pálpebras cerradas e medrosas ressecar minha boca e eu não souber mais do que uns beijos duros e doloridos, você ainda vai me beijar os lábios e as fendas? Te advirto: talvez eu esteja infinitamente pequena, entre soluços, incapaz de razão e amor-próprio.

E se eu abrir os olhos e te vir de perto demais? E se mesmo assim eu te amar, assim mesmo vestido de entulho, o sorriso amarelo cheirando a tabaco, dos olhos pendendo limo, você aceita essa minha mão débil que busca a tua? E se juntarmos o musgo que cresce debaixo das tuas unhas com o vermelho que pinto por cima das minhas e entrelaçarmos as mãos, ainda que elas escorreguem às vezes, e nadarmos pro fundo?

Você me acompanha no abissal?

Envio por e-mail, ele lê no dia seguinte e acha bonito. Tenho certeza de que não entendeu.

• • •

Estou no castelo, sentada no sofá debaixo da janela que dá pro cajueiro e o mar. Davi e Riana estão na cama se beijando enquanto Pietro, o fotógrafo, ri, fuma e os fotografa. Estou longe, agarrada com o diário como a uma boia salva-vidas. É noite e o mar não passa de uma escuridão sem fim. Olho a escuridão. Quando percebo Davi chegando perto de mim, fecho o diário bruscamente, escondendo o que escrevo dele pela primeira vez – ele sempre teve livre acesso a tudo que é meu, meu corpo, meus sucos, meus escritos. Ele percebe imediatamente.

– *What's wrong?* – pergunta em inglês e entendo que ao escolher o inglês ele quer um diálogo entre só nós dois.

Levanto o olhar pra ele e vejo que Davi me olha fixamente, com a testa franzida, de repente parecendo dez anos mais velho, tenho vontade de sair correndo, de fugir deste quarto envolto em loucura & sexo, de me cobrir com o primeiro pano que vir pela frente e sair, pirada, demente, desesperada pelas ruas desertas, não mais desertas que meu coração nesse tropicaos de merda, mas não saio, tenho medo, medo do vácuo da minha ausência, medo de desaparecer.

Pietro, o fotógrafo, veio passar a noite aqui, abrimos um vinho como de praxe e filosofamos sobre a vida, a arte, o mundo, o corpo, Pietro, animado com sua pesquisa fotográfica a partir da nudez, fuma um tabaco atrás do outro e discursa com a câmera pendurada no pescoço sobre o desejo de mostrar aquilo que está escondido.

Ele veio porque quer fotografar nós três, mas não vamos direto ao ponto, enrolamos, conversamos, bebemos vinho, conforme a noite vai descendo as roupas vão caindo, até que finalmente eu, Davi e Riana ficamos nus e Pietro continua vestido. Ele fotografa nossos gestos cotidianos: o abrir de um livro, um beijo trocado, uma boca molhada de vinho. Pietro e eu nos distraímos por um instante e quando olhamos pro lado vemos Davi ajoelhado chupando Riana, que está em pé encostada numa parede.

Nós rimos, surpresos, mas Pietro não perde tempo, empunha a máquina e fotografa. Davi e Riana riem também, voltam à conversa naturalmente. Estou sentada na cama quando Davi vem com um sorriso cheio de malícia, abre minhas pernas e beija minha buceta. Escuto o clique da câmera de Pietro, escuto sua voz gargalhando e afirmando que é nesse momento que tem certeza absoluta de que é viado. Nós rimos junto, Riana vem até a cama e nos abraçamos e nos lambemos como gatos no cio.

No começo é uma brincadeira ou pelo menos penso que é uma brincadeira, que é uma cena pra Pietro fotografar, que logo se dispersará, mas estou enganada, Davi e Riana não param, não é uma brincadeira, é sexo – e é quando começo a me sentir desconfortável. Levanto da cama com a desculpa de ir pegar mais vinho, acho a garrafa e dou um gole no gargalo, mas o que vem na minha boca não é vinho, e sim pontas de tabaco, baseado e cigarro – não vi que o vinho já tinha acabado e que a garrafa vazia estava servindo de cinzeiro. Cuspo cinzas e corro pra lavar a língua na pia – pelo canto do olho vejo que Davi e Riana agora estão fudendo loucamente na cama e sinto um embrulho no estômago.

É nessa hora que pego o diário de dentro da minha bolsa e sento no sofá, afastada e enjoada. Tento parecer normal, tento não mostrar o veneno que começa a me corroer por dentro, a vontade ensandecida de saltar dessa janela aberta pro mar, de derrubar a porta e correr até não ter mais fôlego nem pé – *mas e se eu sair e não fizer falta?*

Não posso dizer que essa pergunta brota de dentro de mim como que alheia à minha vontade. Eu faço a pergunta. Eu tiro a pergunta das minhas profundezas. Eu espalho minhas migalhas pra depois ter o trabalho de apanhá-las. Eu vejo um abismo e pulo porque parece que gosto de cair, cair e me machucar, cair e dizer: nasci pra isso.

Rio de mim mesma quando me dou conta da ironia: até dois minutos atrás tinha certeza de que só Davi recusava a felicidade, que eu seria aquela que a traria pra ele, agora vejo que também o faço, mas de maneira mais dissimulada.

Estou presa nesse labirinto mental quando Davi percebe que saí da cama, é quando ele se levanta e vem na minha direção, dez anos mais velho, é quando penso em ir embora, mas na verdade tudo que quero é me enfiar no seu colo e chorar, é quando fecho o diário na sua cara e não olho diretamente nos seus olhos, enceno um sorriso fraco de propósito, quero que perceba, quero que me console, quero que me salve.

Quando ele pergunta *what's wrong?*, respondo que está tudo bem, mas é mentira e ele sabe que é mentira, senta do meu lado, me faz um carinho e pra minha surpresa começa a se justificar – acha que estou assim porque mais cedo vi um papel em cima da sua mesa com palavras datilografadas e entre elas o meu nome, fiquei curiosa e comecei a ler, mas não consegui terminar porque ele correu pra impedir (literalmente correu pra impedir), agora ele me explica com cuidado que não me deixou ler porque não está pronto ainda.

– Só isso, amor – ele diz.

Repito fracamente que não era isso e que está tudo bem.

Ele não acredita, pergunta de novo, mas não respondo. Ele faz um gesto de quem desiste e vai beber água, fazer xixi, ficar longe de mim, não sei, tento não segui-lo com o olhar, nessa hora Pietro se despede e vai dormir num dos muitos quartos do castelo, Riana, que estava na cama conversando com ele, vem na minha direção vaporosa & alegre, enrolada em Baby Blue, o *meu* lençol favorito, senta ao meu lado e sorri pra mim, como se tudo estivesse bem, como se nosso mundo continuasse o mesmo, me pergunto se ela realmente não percebeu que alguma coisa desandou, que tem um monstro no meu peito – parece que não, ela fala qualquer coisa boba sobre estar bebendo demais e sua voz está rouca como veludo.

Pela periferia do meu olhar vejo Davi voltando pra cama e adormecendo. Adormecendo! Como ele se permite adormecer enquanto eu estou aqui, insone? Riana está acordada do meu lado, ainda sorrindo e fazendo carinho no meu cabelo.

– É tão lindo você escrevendo assim, sua mão tão fluida, parece um rio correndo. Espero poder ler um dia – ela diz com uma doçura que me dói.

E o que estou escrevendo é: meu amor, queria que você não estivesse aqui. Quero que você vá embora e que Davi acorde e me ponha no colo. Vocês entraram tão fundo em mim, vocês reviraram tudo, vocês acordaram a criança e essa criança tem medo, essa criança sucumbe.

Mas não digo nada, continuo escrevendo, depois de algum tempo ela desiste também e vai se deitar, adormecendo quase instantaneamente, daquele jeito tranquilo de adormecer que ela tem, sem peso e sem remorso.

. . .

Davi acorda de repente, percebe a nova configuração do quarto, o súbito silêncio, Riana adormecida do seu lado.

Não me movi, ainda estou no sofá, ele volta pra perto de mim esfregando os olhos e pergunta mais uma vez o que foi que aconteceu, com uma seriedade de quem não aceita mentiras. A essa hora estou arrasada, cansada, não sei que horas são, mas sinto o tempo pesar. Compartilhamos um silêncio sufocante.

– Você era feliz quando eu te conheci. – É ele quem quebra o silêncio.

Sei o que está pensando, sei o que vai dizer, sei que vai usar minha tristeza como evidência da sua própria desgraça. Prevejo o ataque e me preparo pra o defender:

– Eu sou feliz.

– Mel, eu tô vendo o choro que você tá tentando engolir.

Balbucio uma resposta débil e mal articulada, digo que tenho percebido coisas em mim que estavam adormecidas, mas ele me interrompe e continua, insiste que a culpa é dele, ele que se sente mal o tempo todo, é o seu jeito de existir no mundo, sua energia, essas coisas se sentem, se transmitem, rebato, digo que não, claro que não... Ele me interrompe de novo.

– Você se sentia assim antes de me conhecer?

Fico calada.

– Tá vendo? Eu contamino as pessoas.

– Davi, o amor que você acende em mim ilumina tudo, até minhas sombras. Não é você. São meus medos, minhas inseguranças, meus traumas.

Esse é o único momento em que me sinto lúcida nessa noite.

∙ ∙ ∙

Sonho com Davi, não consigo ver seu rosto, mas sei que é ele.

Ele está no fundo do rio e não sabe por que afunda, se é o peso do seu corpo ou das suas dores, se esse toque frio nos seus tornozelos são tentáculos de um monstro invisível ou se são algas se trançando entre suas pernas fortes. Os muitos caminhos já percorridos fortaleceram ou enfraqueceram suas pernas?, ele não sabe, só sabe que não presta.

Ele vai afundando até tocar o fundo do rio e na lama se deita como numa cama, fecha os olhos como se pronto pro sono eterno, pronto, quase pronto, pra desistir, pra dizer adeus, mas de repente o pulmão se revolta contra a falta de ar, seu corpo se espasma e debate. No meio da guerra entre homem e lama, suas mãos de unhas mal cortadas encontram uma concha lilás que ele abre com os dentes: há um restinho de ar guardado dentro dela, um restinho quase nada que ele suga com lábios roxos.

Seu corpo ganha alguma força e nada até a superfície como uma alma do Inferno ao Purgatório, disforme e inepto – mas lutando. Com a cabeça pra fora d'água, ele enxerga o tempo, a luz é uma luz ambígua que pode ser o começo da noite ou o fim do dia, as águas estão paradas como sempre param antes ou depois da tormenta, a direita e a esquerda são iguais – ele não sabe pra onde ir.

Mas agora já não é Davi, sou eu. Tenho nas mãos a concha lilás. Ela não oferece resistência quando a abro, esperando encontrar a pérola.

A língua-concha está vazia.

• • •

Passo uma hora sentada no boxe do chuveiro, a água quente amolecendo as costas carregadas, o olhar fixo no azulejo branco, entre as pernas o sangue quente da menstruação. Me sinto miserável e fraca e odeio minha fraqueza, meu medo, meu ciúme, tento me consolar, dizer pra mim mesma *você é humana*, você erra, tropeça, cai com a cara na lama, você chafurda, você põe o dedo na garganta e o vômito não vem, você fabrica dores, você erra o caminho, você é cruel consigo mesma, mas você está se arriscando a viver, você está se arriscando a amar, você está aprendendo, aprenda, aprenda sobre o perdão, *se perdoe*, repito pra mim mesma, *se perdoe*, mas não perdoo.

Faz meses que não tenho cólica, mas hoje meu ventre se retorce junto com meu coração.

• • •

Pra minha (secreta) alegria, Riana passa um tempo sem tempo pra mim e Davi, ocupada com a própria vida, enquanto isso levo minhas coisas pro castelo e me sinto acesa por Davi, por sua simples presença. Cada pequeno gesto, escutá-lo ler, ir à feira comer tapioca, dormir e acordar em contato com a sua pele de sol queimando, me enche. Olho pra ele deslumbrada e assustada: estou entregue a esse amor insano e desmedido que sinto por Davi e tudo que ele faz pra mim é cheio de luz e graça.

Numa dessas noites recebemos amigos como de praxe e estamos bebendo vinho e soprando fumaça, hoje enquanto ele trabalhava na carpintaria do pai limpei cada centímetro do seu estúdio (sempre mais sujo do que eu apreciaria, como ele e tudo que é dele), e me sinto mais do que nunca princesa desse castelo, orgulhosa do chão limpo e do amor erigido.

Nessa noite recebemos mais amigos do que o normal, vários grupos diferentes que acabaram vindo parar em Pirangi, Riana chega tarde com mais gente, mas hoje ela parece estranhamente estrangeira, como uma visita, mal nos beijamos, nem eu e ela, nem ela e Davi, mas há tanta gente entre nós, tanto barulho, tanta música e riso que a distância se disfarça, procuro Davi entre os muitos rostos e encontro seus olhos vermelhos me olhando por detrás da fumaça – ele me dá uma piscadinha e ri com a língua entre os dentes.

Quando a primeira pessoa resolve ir embora, todos aproveitam pra partir também, inclusive Riana, que prometeu passar a noite com os amigos, nos despedimos numa confusão de abraços e beijinhos e até mais, Davi desce pra abrir a porta pra eles enquanto fico no quarto, apago todas as luzes, tiro a roupa e de repente... silêncio. Absoluto silêncio. O quarto subitamente transformado, limpo e vasto. Ouço os passos de Davi na escada. Sem me ver, ele para na porta, escuto sua roupa caindo no chão, vejo seu vulto se movendo até mim, nos encontramos nus no meio do quarto e ele me abraça com uma força e um desespero que são exatamente a mesma força e o mesmo desespero com que o abraço de volta.

Ele me diz baixinho:
— Enfim sós.
— Até que enfim.

E percebo que estava morrendo de saudades dele, como se tivéssemos passado séculos separados, mas foram só algumas horas e não estávamos separados, mas deve ser saudade essa falta, esse desespero, nos beijamos procurando fôlego, imersos na escuridão da noite, o ar denso como água. Davi pega meu rosto entre as mãos e elas tremem.

— Era você! Era você, Mel, que eu tava procurando o tempo todo! *You! You! You!*

Meu coração nunca bateu tão rápido, dói e arde e é tão gostoso ao mesmo tempo, somos como dois náufragos se encontrando, sem desgrudar caímos na cama, ele procura minha concha como eu procuro seu machado, *me derruba, amor, me toma*, ele entra em mim sem descolar o peito do meu, não suportamos a distância, nenhuma distância, queremos comer um ao outro pra saciar os nossos vazios, assim nos comemos, papai e mamãe de si mesmos, afogados, destruídos, incompletos, até explodirmos juntos gritando um o nome do outro.

• • •

Os dias se repetem e não quero que nada mude. Não quero ir embora do castelo e só saio pra ensaiar, passar em casa pra pegar roupa limpa e dar comida pra gata. A cada orgasmo me sinto mais próxima de Davi e de mim.

Depois do gozo ainda passo muito tempo tremendo e rindo. Deito no seu peito quente e aos poucos volto da terra do nunca. Jogamos conversa fora, vadiamos, lemos um pro outro. Num desses dias estamos juntos na cama e pelo canto do olho vejo mensagens chegando no meu celular que está em cima do baú. O celular está no silencioso, mas consigo ler o nome de Riana na tela.

Finjo que não vejo.

• • •

Chega o dia da estreia do meu novo espetáculo e Davi e Riana vêm assistir. O espetáculo é um monólogo sobre Anaïs Nin e sobre mim mesma, já que não sei falar senão a partir da primeira pessoa, de tudo que sinto e me trespassa. Compartilho essa sina com Anaïs: sentimos tudo no corpo, até o fim, até a consumação, até o esgotamento. A dramaturgia é uma mistura de pedaços dos meus diários com pedaços dos diários dela e de tanto repassar já não sei quem é quem.

– Que loucura que é uma mulher que nasceu em 1990 se identificar tanto com os conflitos de uma mulher que nasceu em 1903. Talvez não tenhamos evoluído tanto quanto gostamos de pensar – digo pra Caetano num dos ensaios.

Caetano está dividindo a direção do espetáculo comigo. No dia da estreia estou nervosa, mas satisfeita: essa é a obra que mais me contempla enquanto artista, é meu grito, minha guerrilha, meu manifesto, uma massiva apologia à liberdade, ao êxtase, ao amor. O nosso pequeno teatro independente está lotado. Caetano, Betina e Armando vêm me abraçar antes de as cortinas se abrirem.

– Merda! – eles gritam como pede a tradição.

Abrimos as cortinas.

• • •

Na última cena acendo uma fogueira numa bacia de metal no meio do palco e danço, de saia longa, cabelos soltos, seios nus e pés descalços, danço ao som de tambores, danço com o coração cheio, invocando mulheres que queimam as casas em que não cabem e louvando a transformação do fogo. Todas as luzes se apagam e danço iluminada por labaredas. É um ritual que só termina quando o fogo chega ao fim. As pessoas aplaudem. Paro de girar, recuperando o fôlego e trazendo meu espírito de volta.

Quando as luzes se acendem, Davi e Riana estão em pé na primeira fileira e aplaudem escandalosamente, vejo seus rostos sorridentes destacados no meio dos outros rostos e não sei dizer o que se passa dentro de mim agora, estou em êxtase, descabelada, eletrizada, com toda a adrenalina que estar em cena dispara.

Eles invadem o palco e me abraçam forte, Davi, abismado, repete sem parar que sou uma mulher imensa, uma artista magnífica, *magnífica!*, é a palavra que ele usa, me pegando pelos ombros com toda a gravidade de que é capaz e repetindo *over and over again* que admira muito a minha arte – fico tão comovida que tenho vontade de chorar.

Então ele tem de me largar porque fazem fila pra me abraçar, parabenizar, agradecer pela emoção compartilhada, é o momento da recompensa, o momento em que o suor vale a pena, em que o medo de dar tudo errado se cala, em que todos os percalços de ter escolhido o teatro, de ter escolhido ser artista no Brasil, se amenizam.

Davi e Riana somem na escuridão do corredor do teatro e voltam logo depois trazendo presentes: ele traz um buquê de flores silvestres que ele mesmo colheu, embrulhadas em papéis datilografados com seus escritos, ela traz uma garrafa de vinho e um brownie canábico – me sinto amada.

• • •

É aniversário de Riana e depois de comemorar na praia com direito a fogueira & amigos, voltamos pro castelo e tiramos as roupas cheias de areia pra começar nossa comemoração particular. Davi começa a chupar Riana, que se deleita de olhos fechados, o peito subindo e descendo, enquanto me masturbo do outro lado da cama, estou presente e sinto prazer em assistir a Riana gozar.

Davi fica de joelhos e se enfia nela devagar segurando as suas pernas junto do seu peito, vejo sua bunda lisa e branca se contraindo e relaxando enquanto ele mete, o olhar de um pro outro, ele começando a suar nas têmporas, ela gemendo, os lábios finos entreabertos, a testa contraída, o nariz perfeito empinado pro teto, o pau branco e reto de Davi saindo e entrando da buceta morena de Riana – é uma cena linda.

Eles continuam e os vejo numa conexão invisível – invisível, mas quase palpável. Eu ainda estou me masturbando e me delicio até um ponto, o ponto maligno onde começo a me sentir excluída e querer atenção, a me ressentir por não estarem me bajulando, é claro que o aniversário é dela e quero lhe dar todas as honras como eles me deram no meu.

Riana estende a mão pra mim, procurando me tocar, me convidando pra mais perto, mas Davi não me olha e odeio isso, mas não odeio mais do que perceber esse ressentimento, esse ciúme do qual por um instante achei que estivesse curada, não há nada que odeie mais a não ser eu mesma nesse momento ridículo.

Não adianta mais me masturbar, envenenei, me levanto e vou ao banheiro, fingindo ir fazer xixi, mas na verdade vou só me olhar no espelho e me odiar mais um pouquinho, fazer hora esperando-os terminar e pôr energia no massacre contra mim mesma.

Desde a noite em que Pietro veio aqui e nos fotografou, tenho pensado em começar um diário da maldade, onde cuspir todas as minhas merdas e assombrações, um diário exclusivo pra expor minhas maiores sombras, pra revelar como não sou essa princesinha perfeita do amor livre que sonhei ser. Volto pro quarto, mas não volto pra cama.

Riana goza uma, duas, três vezes, perco a conta, então adormece suave e fácil e em paz. Davi vem me encontrar no sofá onde escrevo, tira o diário das minhas mãos e me beija exatamente como eu queria que beijasse, vai descendo os beijos muito docemente até onde eu queria que descesse, depois entra em mim fundo me olhando nos olhos e me pegando no rosto, os primeiros raios da manhã caem mornos na gente, sei que no sol meu cabelo fica mais ruivo e meus olhos mais claros, tento com o olhar pedir desculpas pra Davi, ele sabe que há algo errado, mas ainda não entendeu o que é.

Ele me come devagarinho de joelhos enquanto estou deitada de costas no sofá e me masturbando, estamos frente a frente e ele me olha de volta fundo e fixo me perguntando *what's wrong, darling?* e tenho vontade de chorar, ao mesmo tempo está tão gostoso, o prazer agudo do clitóris, o prazer denso da vagina, o pau dele dentro de mim, lento & afundado, cerro as pálpebras pra impedir as lágrimas, ele abaixa o tronco e me beija os olhos, sinto angústia e gozo, dor e prazer e é assim que gozo – gemendo e chorando.

Ele lambe o meu rosto salgado das lágrimas e pergunta:
– Por que você não tá doce agora, Mel? Eu te amo. Você não sabe?

Quem nunca trepou chorando não sabe o que é tortura de amor.

• • •

Davi e eu estamos na torre do castelo num entardecer qualquer. Riana está no interior. Nos últimos dias tenho tentado falar pra ele o que sinto, mas, como não tenho coragem, vou pelas beiradas, esperando que ele adivinhe do que estou realmente falando. Digo:

— Quero que você conheça os meus demônios, Davi, mas não é pra que você os alimente. É pra você me conhecer. Quanto mais humanos a gente se mostrar, mais reais, imperfeitos, esburacados, mais a gente vai poder amar quem o outro de fato é, e não uma ilusão. E há de ser pelas brechas que o amor penetra.

— Eu gosto de te ver nua, Mel. Em todos os sentidos. Aliás, eu *amo* te ver nua.

— E eu amo cada pedacinho louco de você, Davi.

— Não sei por quê.

— Eu sei. E posso te dar uma lista enorme de razões. Mas às vezes o coração é meio desarrazoado.

Olho pra ele com cara de quem está brincando. Ele sorri.

— Como era aquele verso do Manoel de Barros que você me disse um dia? – pergunta.

— "Lugar sem comportamento é o coração."

Sorrimos juntos. Pausa. Ele fica sério.

— Eu magoo as pessoas, Mel. É isso que eu faço. Não quero fazer com você.

— Então não faça.

• • •

Antes de voltar pra casa, lhe deixo um bilhete:

Me deixa tocar tuas tatuagens. Eu te mostro minhas cicatrizes. Isso não é um negócio. Não é uma promessa.

É tudo que eu posso te dar. Só posso te dar essa pele marcada. Se você aparecer na minha casa um dia de madrugada, bêbado, triste, trôpego, eu só tenho mais vinho pra te oferecer. Talvez o correto fosse te dar um chá um café uma bebida quente um banho gelado. Algo pra te acordar. Pra te deixar sóbrio. Mas e se o que eu quero é me embriagar com você? E se o que eu quero é tua boca aberta e teus segredos escancarados? E se o que eu quero é tua falta de juízo, de pudor, de controle?

• • •

Meu tempo na casa de Pium acabou, tenho de devolver a casa. Quero continuar na praia, mas ser atriz de teatro não está dando dinheiro. Enquanto penso em como sobreviver e pagar todas as contas, volto pra casa da minha mãe e não consigo não sentir isso como um fracasso, um regresso ao ventre, vou levando as coisas aos poucos e Davi ajuda na mudança. É meu último dia na casa de Pium, o quarto vazio de tudo e nós dois deitados sobre o que sobrou, o colchão no chão, quando ele me pede muito sério:

– Mel.

Olho pra ele.

– Não tente me salvar.

Sei pelo tom da sua voz que ele está falando algo importante.

– Não vou, Davi.

– É sério.

— Não vou tentar te salvar. Não só porque sei que não posso, mas também porque não quero.

Eu ainda não sei, mas essa é a maior mentira que lhe contarei. Ele sorri um sorriso curto, entre agradecido e aliviado. Pra embasar minha resposta, conto-lhe sobre meu primeiro namorado, a quem tentei salvar desesperadamente, com uma ingenuidade adolescente crente de que podia salvar alguém além de mim mesma. Conto pra Davi:

— Foram cinco anos de namoro, os últimos conturbados, ele vivia magoado comigo, deprimido consigo e com raiva do mundo, constantemente ameaçado pela minha partida que ele pensava ser iminente, mas eu não conseguia partir porque havia partido uma vez e foi horrível pros dois, ele quebrou coisa, jogou celular na parede, começou a beber, eu transei com os outros e não senti nada e depois do nada era só vazio e culpa. Por isso voltei pra ele, mas ele nunca me perdoou por ter partido.

Quando a gente voltou era claro que a volta era por motivos errados, porque a gente não sabia ficar só, porque a gente era carente, cada um do seu jeito, mas nossas carências se completavam. Eu me sentia tão culpada por tudo, sempre com a sensação de que precisava consertar alguma coisa, então me comprometi a consertá-lo, salvá-lo da depressão, da descrença, da infelicidade. Minhas estratégias eram todas estúpidas: contagiá-lo com minha alegria era uma missão com a qual ele se recusava a colaborar. A gente se dizia muitas coisas doloridas. Mas a mais cruel de todas foi quando ele me disse: *Você é feliz demais, Mel.*

Essas poucas palavras me atingiram como um soco, Davi. Primeiro porque eu nem era feliz demais, segundo porque o que ele queria?, que eu ficasse triste?, pra acompanhá-lo?, que a gente ficasse na merda juntos? Foi quando entendi que ele não queria mudar e que ninguém salva quem não quer ser salvo.

Foi a gota d'água que me fez finalmente tomar coragem pra terminar. E o pior é que meu corpo já tinha me dado todos os sinais. Eu tinha passado do ponto e nem via: fazia um ano que a gente não conseguia transar porque minha buceta tinha literalmente se fechado pra ele – você já ouviu falar em vaginismo? Era isso. Doía quando ele tentava entrar. Me rasgava por dentro. Meu corpo estava rejeitando – ele, aquilo tudo. E eu ainda insistindo. No final de tudo percebi que não era ele quem eu precisava salvar, era a mim mesma. Foi aí que comecei a fazer terapia e logo numa das primeiras sessões o psicólogo disse: *Quando você terminar essa relação, você vai se curar*. Davi, achei um absurdo na hora, mas foi exatamente o que aconteceu. Terminei e me curei.

Davi escuta sem interromper e pergunta:

– Tem alguma coisa que você não quer que eu faça?

Eu paro e penso.

– Eu quero que você me deixe entrar, Davi. Em você. Na sua vida. Eu quero fazer parte. Mas não me prenda. Não me prenda. Eu estou buscando a liberdade.

– Não vou te prender. Nunca. Te prometo.

– Todos os homens que tentaram me prender me perderam.

— Eu entendo. Pode ter certeza que eu aguento a sua liberdade. Eu aguento te ver viver.

• • •

Davi fala sobre o que o consome por dentro, ser feliz num mundo de eterno sofrimento.
— Você é um pessimista, Davi. Você sabe, né?
— Sou só realista.
— É o que todo bom pessimista responderia.
— Você que é otimista demais.
Faz-se um silêncio tenso.
— Mas isso não é uma crítica – ele corre pra se explicar. — Essa não é minha versão de "você é feliz demais". O que quero dizer no fundo é... Você traz luz por onde entra, Mel. Quando a porta se abre e é você, o quarto fica mais iluminado. E eu tenho medo de apagar teu brilho.
— Você não é capaz disso, Davi. Você é dourado e não sabe. Você não enxerga direito. Deve ser a poeira de tanta estrada. O conhecer demais das tristezas do mundo. Você não precisa carregar o fardo da humanidade.
— Eu sei. Preciso aprender a viver (e a escrever) mais levemente. Há coisas bonitas. Não é como se eu não soubesse. Não é como se eu fosse um completo ingrato por tudo. Há coisas bonitas. Eu sei.
— Sei que você sabe. O que é isso aqui, nós dois, esse encontro, senão uma coisa bonita?

— Uma coisa divina. — Ele pega no meu rosto com as duas mãos e sinto seus calos nas minhas bochechas. — Obrigado.

Meu coração transborda. Ele olha meu rosto apaixonado e diz:

— Além de otimista, você é uma romântica.

— Eu sei.

— Você sabe que você embeleza tudo, né? Na escrita e na vida. O mundo não é assim tão cor-de-rosa.

— Eu sei. Mas é mais que um ato de embelezamento, é uma maneira de glorificar. Eu gosto de glorificar tudo que é bom e bonito. Por isso eu gosto tanto de escrever sobre você.

Pausa.

— Sabe, Mel, o frio me faz muito mal. Meus ossos doem. De verdade. Uma dor lancinante. Não consigo andar direito. Voltei dos Estados Unidos quebrado. Voltei pro Brasil pelo sol. E não imaginei que encontraria você pra me aquecer. — Faz uma pausa grave. — Eu quero te dar tudo. Tudo.

Pulo no seu colo explodindo de felicidade. Ele interrompe o meu carinho.

— Mas preciso te dizer que há muitos Davis que você ainda não conhece. Tenho medo que você me veja demais. Esse Davi que você vê, esse Davi na tua frente, ainda tá buscando o equilíbrio entre o homem e a criança. E não gosto nem um pouco de como isso soa. Não é sexy.

Ele ri, entre nervoso e irreverente.

— Todo autoaperfeiçoamento é sexy, baby – defendo.

A verdade é que não importa o quanto ele tente se diminuir, sempre o defendo de si mesmo.

• • •

— Eu tô muito fudida de amor, Davi.
— Vamos continuar fudendo, então.

• • •

Ainda estamos na cama embriagados um com o outro, eu por cima dele com um vestidinho florido leve, as alcinhas abaixadas e os seios desnudos, embaixo de mim os olhos dele me escrutinam, a luz do poente entra suave e esfumaçada pelas venezianas da janela.
— Você fica mais linda cada vez que eu te vejo.
Começo a rir.
— É sério! — ele interrompe meu riso, fingindo seriedade. — Não tô sendo romântico, não, deus me livre. É literal. É uma coisa que simplesmente acontece. Um fato científico não explicado. Como é possível? Cada vez mais linda.
Continua rindo, é então que ele diz:
— Você devia morar comigo em Pirangi.
Pequeno estrondo dentro do peito. Aponto o dedo na cara dele e digo:
— Não me chama que sou louca o suficiente pra ir.
— Te desafio.
— Ah!
Faço cara de indignada. Ele sabe que não se pode desafiar uma ariana.
— Eu não sou tão bobo assim, tá vendo? — Ele pisca pra mim.

– Baby, logo agora que já levei quase tudo de volta pra casa da minha mãe?

– O tempo nunca será perfeito.

. . .

Dormimos a última noite em Pium juntos. Acordo e digo pra Davi:

– Eu adoraria brincar de casinha com você.

. . .

Em vez de voltar pra casa da minha mãe, volto pra Pirangi com Davi. Estamos caminhando na praia de braços dados e amanhã é Dia dos Namorados, ele me pergunta desengonçado se espero presente e acho graça do jeito bobo como a pergunta soa na sua boca, nunca houve um pedido oficial, nem entre mim e Riana, nós e Davi, simplesmente acontecemos e não nos desgrudamos, respondo que não faço caso de presente, data ou rótulo, ele suspira aliviado e começa um discurso anticapitalista, eu rio.

No dia seguinte acordamos no seu quarto com o sol na nossa cara, acordo de bom humor, trepamos, sem levantar pra escovar os dentes ou fazer xixi, na pele os resquícios do sexo da noite anterior e por isso mesmo mais cheirosos, me recuperando do meu orgasmo de bom-dia, digo:

– Feliz Dia dos Namorados!

Ele faz uma careta, a boca se mexe de um jeito estranho, e gargalho ao vê-lo incapaz de responder.
– Não precisa dizer de volta, seu rebelde.

Ele desce pra trabalhar na carpintaria do pai e fico no quarto lendo, me revezando entre a banheira e a cama no meu ócio favorito, em paz porque sei que ele está lá embaixo e já já estaremos juntinhos no nosso mundo de névoa e torpor. Quando ele sobe, de peito nu e calça jeans rasgada, todo coberto de pó e serragem, tirando farpas dos dedos, me olha grave e diz:

– Tenho uma coisa pra te falar. – Estremeço assustada.
– O quê?
– Feliz Dia dos Namorados.

• • •

Depois de alguns dias no castelo, volto pra casa da minha mãe, minhas coisas estão todas lá e não voltamos a falar seriamente sobre minha possível mudança pro castelo. Davi vem comigo e deixa um bilhete dentro da minha escrivaninha antes de sair:

"Quando sentei na calçada da tua casa e fumei o eterno cigarro, vi com olhos ardendo um vislumbre, você titã, nossas almas torcidas, e acima de tudo seus olhos sua boca seus olhos seus olhos você queimando e pairando, fora do tempo e da história, te vi no teu quarto e vi Arte, vi permanência além dos dias. Te vasto."

Me pergunto quando posso começar a levar minhas coisas pro castelo.

Parte III

MEANDRO

Então numa quarta-feira como todas as outras, estava na casa da minha mãe e Davi chegou, sentou comigo na cozinha enquanto eu preparava o jantar e me disse, como se dissesse uma coisa qualquer: *amor, consegui um emprego in the USA*. Antes que conseguisse reagir ele completou: *devo ir embora na sexta*.

Quando na quinta de manhã ele saiu pra resolver o que precisava resolver pra *ir embora pros USA*, ainda era muito cedo, não queria nem conseguia mais dormir. Precisava escrever, mas não no diário de capa rosa, cheio de gala & glória, altar erigido pra ele, pro nosso gozo agora interrompido. Procurei um outro caderno, de qualquer cor menos festiva, me olhei no espelho, minhas pálpebras estavam inchadas, meu rosto sem cor, me senti dramática, de repente doente, com febre, trinta e oito graus confirmados pelo termômetro.

Ele já vinha há algumas semanas falando vagamente em voltar pros Estados Unidos, levantar uma grana, viajar novamente, sair da casa do pai, já está há muito tempo parado no mesmo lugar, eu ouvi tudo, mas não quis acreditar que esse dia chegaria, que esse dia seria antes de eu levar minhas coisas pro castelo, que esse dia seria ontem.

Ontem era só um dia como todos os outros em que cheguei em casa feliz do ensaio (voltei correndo porque ele viria) e ele veio, trazendo uísque (que não bebo) e cigarros baratos (que não fumo), *classic* Davi. Ontem era só um dia como todos os outros em que não esperava mais do que conversar sobre qualquer coisa profana e profunda, transar como seres profanos e profundos e dormir sentindo o cheiro do nosso sexo profano e profundo.

Quando ele me jogou sem preâmbulos e sem preparo a notícia que conseguiu um emprego *in the USA*, deixei a colher que tinha na mão cair de surpresa e meu coração parou por um segundo, mas me recuperei do susto tão rápido que não sei se por um segundo fiquei de fato feliz por ele ou se por um segundo não entendi que a notícia me devastava. Sentei no seu colo e lhe dei parabéns. Ele suspirou aliviado.

– Achei que você ficaria brava.
– Por quê?
Ele encolheu os ombros.
– O que importa é que você não ficou. Fiquei com tanto medo de te contar que minha segunda opção era te chamar pra dar um passeio na sexta à noite, te fazer dirigir até o aeroporto e dizer: "Baby, pode me deixar aqui".

Ele riu, mas não achei graça.
– Davi.
– Oi.
– Você volta?
– Claro.
– Quanto tempo?
– Três meses.

Três meses. Repeti pra mim mesma enquanto mexia o jantar na panela. Então ele saiu pra fumar no jardim e, no pouco tempo em que fiquei sozinha na cozinha, a notícia assentou e a sua partida se tornou uma realidade. Larguei tudo e fui até ele manhosa, me colei no seu peito e avisei que não ia desgrudar até ele ir embora, ele riu e disse *gruda, amor, pode grudar,* mas na metade do cigarro um silêncio se abateu sobre nós e comecei a compreender que sexta é um pulo e que três meses são uma eternidade, três meses em que tudo pode acontecer porque ele é Davi e sua vida é uma montanha-russa e eu não sou a pessoa que fica.

Ele me adivinhou e cortou o silêncio:

– Mel, eu vou voltar. Por você. Pra você.

Ele viu as lágrimas nascendo nos meus olhos e falou:

– Ei! *Miss me when I'm gone.*

Tive vontade de protestar, dizer que sinto falta dele a hora que quiser, mas minha boca se calou e nesse desequilíbrio familiar de não querer expor o que considero infantil em mim permaneci sentada no seu colo sem nada dizer. Ele jogou o cigarro fora, ficou de frente pra mim e, solene, pegou meu rosto entre suas mãos e me beijou, eu o beijei de volta com uma avidez tão grande, uma fome só dele, e me perguntei como eu, que sempre odiei beijar fumante, consigo beijá-lo assim.

Não terminei o jantar nem jantamos. Subimos pro meu quarto carregando o silêncio, silêncio que Davi tentou preencher repetindo *miss me when I'm gone* e nesse instante tive raiva dele, uma raiva quente, furiosa, feroz, mas por trás da raiva eu só queria desabar, cair dentro do seu abraço e ficar pequena, minúscula, sem pensar no futuro, sem fazer planos, sem pedir promessas.

Eu só queria ser consolada e Davi fez tudo, menos me consolar, tentou me alegrar, fazer piada, imaginar o reencontro, não ri, não achei bonito, fechei a cara e fugi do seu olhar. Quando chegamos ao quarto ele foi direto pro banho – *pra fugir do desconforto da minha presença*, pensei. Escutando o chuveiro ligado, me permiti chorar um pouco, mas quando o ouvi desligando o chuveiro, enxuguei o rosto na barra do vestido, fingindo não estar despedaçando por dentro, fingindo pra quê?, não sabia, não sei. Ele saiu do banho tentando novamente me animar, dançando uma dancinha ridícula, peguei o celular e fingi ver qualquer coisa, como se alguma coisa pudesse ser mais importante do que ele indo embora. Quando ele se aproximou de mim, desviei do seu abraço e fui ao banheiro sem olhar pra ele, agora fingindo uma súbita vontade de fazer xixi, fugindo pra quê?, não sabia, não sei.

Não fiz xixi, mas dei descarga mesmo assim, saí do banheiro de rosto lavado, ele estava na cama sério, me esperando com as mãos cruzadas no colo. Fui até ele me sentindo ridícula e sentei na sua frente, ainda sem olhar nos seus olhos.

Ele pôs as mãos nos meus ombros, tão quentes suas mãos e eu tão fraca, procurei seus lábios e respirei seu hálito como se fosse meu último alento, ele beijou meu pescoço e procurou a barra do meu vestido, que tirou com as mãos quentes, enquanto eu me quedei mole e sem ação, prostrada, pronta pra o deixar fazer o que quisesse comigo, me vi nua enquanto ele ainda estava vestido, com a voz como um fiapo balbuciei:

– Não sei o que fazer com o que sinto por você.

E ele disse que me amava também e que eu não precisava ficar assim, vai ser rápido, ele disse, *eu vou voltar pra você*, ele disse – nessa hora não aguentei mais nenhuma distância entre nós, arranquei sua roupa e sentei no seu sexo que apontava duro pra mim, senti minha buceta seca e ele entrando me rasgando, mas era isso que eu queria, que ele me rasgasse, que destruísse tudo em mim que tem medo de ser destruído, que tomasse tudo que é dele, que completasse o vazio que sei que ele vai deixar.

Enfiei os dedos entre seu cabelo e puxei forte, cavalgando loucamente, com raiva, com desespero, com saudade, ele gemeu e gritou, *fuck!*, e eu amei porque amo quando ele geme em inglês, ele tentou me fazer desacelerar, mas não permiti, sentei com força engolindo seu pau por inteiro, ele não aguentou e gozou como se sem querer, senti sua porra deslizando pelas paredes da minha buceta seca e continuei cavalgando, continuaria cavalgando pra sempre, até minhas pernas não aguentarem mais, mas ele segurou meu quadril com força, indicando pra parar, eu sabia que era porque o seu pau estava sensível, mesmo assim tentei continuar, queria fazer o pau dele sentir a dor que eu estava sentindo, mas ele foi mais forte e me parou.

Soltei um gemido menos de prazer e mais de animal ferido. Ele me abraçou. Escorreu uma lágrima. Ficamos assim, abraçados, eu ainda sentada em cima dele, o seu pau amolecendo dentro de mim.

• • •

Enfim deitamos lado a lado, ele cansado e eu carente, mais do que nunca queria desabar, reivindicar qualquer coisa, pedir mais carinho, mais amor, pedir tudo, mas pelo orgulho de parecer forte, pelo medo de nada cobrar, de ele ser capaz de sentir minha carência e fugir mais, me calei, mas, como tudo que não é dito, o que não falei ficou no ar e ele, é claro, sentiu e disse em tom de brincadeira que estava sentindo uma D.R. vindo. Suas palavras chegaram a mim como uma flecha, como um ataque.

– Há algo que você queira conversar? – perguntei, tentando disfarçar sem sucesso que era *eu* quem queria conversar.

Ele suspirou, exaurido, respondeu que não, mas que sabia que eu queria e que seria mais fácil se simplesmente falasse, continuei calada, olhando pro nada, desviando do seu olhar, sustentando um silêncio impossível até que ele cansou de esperar, bocejou, virou de lado e se preparou pra dormir.

Nessa hora fiquei irada, como ele podia dormir enquanto eu perdia todo o sono por causa dele?, me levantei bruscamente, fazendo barulho, esbarrando nos móveis, mesmo assim ele não se moveu, antes de sair do quarto lhe perguntei, seca:

– Você quer água?

Ele respondeu que não sem abrir os olhos, saí pisando forte e batendo a porta do quarto, desci as escadas com pés pesados, cheguei à cozinha e desabei, alguma coisa rompida dentro de mim, as lágrimas brotaram, uma depois da outra sem parar, encostei a cabeça pesada no micro-ondas e ali fiquei por não sei quanto tempo, me vi pequena e enrugada, o corpo nu ainda melado de gala por debaixo do robe se convulsionando a cada soluço, mas os ouvidos atentos, esperando escutar passos na escada, os passos dele vindo me salvar de mim mesma, esperei, esperei, esperei – mas ele não veio. Enfim, enxuguei as lágrimas e voltei pro quarto com um copo d'água na mão, que não bebi.

Davi, pela segunda vez na noite, estava sentado na cama sério, as mãos cruzadas no colo.

– Você precisa falar comigo, Mel.

Tirei o robe em silêncio e deitei de costas pra ele, então ele me abraçou forte, me chamou de baby e pediu desculpas. Comecei a chorar mais uma vez.

– Você sabe que foi uma piada quando eu falei que minha segunda opção sobre como te contar da partida era dirigir até o aeroporto e descer lá sem aviso prévio? Você entendeu, né?

Ele me obrigou a virar e olhar pra ele e vi sua testa muito franzida, preocupado. Respondi fria:

– Me parece algo que você faria.

Ele arregalou os olhos.

– *What*?! Amor, Mel, você acha que sou um monstro?! Você acha que eu faria isso com você?

– Sim.

De repente ele pareceu quase em pânico e sem piscar repetiu muitas vezes *I love you* e me perguntou, com uma voz que eu ainda não conhecia, se eu sabia disso.

– Me diz que você sabe.

Num impulso cruel, respondi:

– Não sei.

Diante da minha resposta, Davi ficou horrorizado e seu rosto se contorceu num misto de dor e surpresa que nunca tinha visto no seu rosto, na mesma hora me arrependi, todos os seus gestos de amor me passaram pela cabeça num milésimo de segundo como um filme, como o passar da vida diante de quem vê a morte: vi o dia em que inventamos um novo verbo porque amar não era suficiente, vi a fogueira do meu aniversário, vi o buquê de flores silvestres embrulhadas em folhas datilografadas, vi as manhãs a que assistimos nascer, as noites em que nos afogamos um no outro e no instante em que isso tudo se passou diante dos meus olhos o vi envelhecer na minha frente, o peso de mil anos nas costas, desmontei, beijei seus olhos e me retratei:

– Eu sei, baby, eu sei!

...

Agora é quinta de tarde, ainda não abri as venezianas da janela, o quarto está escuro, tenho febre e cada hora parece uma contagem regressiva. Estou escrevendo quando Davi passa na minha casa antes de pegar o ônibus pra Pirangi e diz que precisamos conversar sobre a noite passada.

– Eu te machuquei – ele começa.

Eu te machuquei também, penso, mas não falo, o que me permito falar é que quando ele disse *miss me when I'm gone* senti que ele não queria lidar com a minha tristeza e ele explica repetidamente que só não queria que eu ficasse triste antes da hora.

Ele vai embora e fico olhando pra porta esperando-o voltar num gesto romântico de cinema. Não volta.

• • •

Sexta de noite vou encontrá-lo no castelo e me arrumo com peso de última vez, visto meu vestido vermelho com nada por debaixo e um colar dourado, faço um penteado diferente, passo muito corretivo nas olheiras e nos olhos inchados – me certifico de passar o rímel à prova d'água porque sei que ainda não chorei tudo.

Nunca o caminho até ele foi tão longo e tão sofrido, vou com o pé enterrado no acelerador, cada minuto longe é um minuto de tortura, quando chego ele está me esperando na calçada com Augusto, fumando um tabaco e bebendo um uísque doze anos que Augusto roubou do pai e pôs numa garrafa de Coca-Cola, os dois suspiram quando desço do carro e me dizem que estou linda.

Davi não conseguiu comprar as passagens pra hoje, só pra amanhã – ganhamos um dia. Vamos os três jantar num restaurante de que gosto em Pium, chegamos quase na hora de fechar, o restaurante está vazio, pedimos crepe e vinho, Augusto está carinhoso com Davi e ainda mais comigo, como que sabendo da minha saudade antecipada, por um momento esqueço a dor e os calafrios da febre, meu peito está quente e aquecido de carinho, tomamos o vinho, conversamos sobre coisas profanas e profundas, rimos, nos amamos e sei que estamos os três sentindo esse amor, eu vejo nos nossos olhos.

Quando saímos do restaurante e caminhamos na rua deserta até o carro, eles se colocam um de cada lado meu e passam o braço pelos meus ombros, sei que eles estão tentando me aquecer, me apoiar e dizer – *estamos aqui*.

– Sabe quando você assiste a um filme e tem inveja do que vê? – digo pra eles. – Quando assistir ao filme te faz achar a sua própria vida sem graça e você se remói porque quer viver aquilo que você vê na tela? Eu lembro que antigamente, quando eu era mais nova, eu sentia muito isso. Hoje não. Hoje eu estou vivendo o filme. O meu filme. Eu estou vivendo o que eu queria tanto viver. Eu olho ao redor e que cenário! Eu olho pra vocês, que personagens! Tão lindos e humanos e reais. Eu não poderia ter inventado vocês. Vocês são tão de carne e osso. Eu sou tão de carne e osso também. E *sei* que isso é uma dádiva. Não desejar outra vida que não a sua. É libertador.

Eles sorriem e me abraçam mais forte. Estamos os três andando lentamente no meio da rua deserta, molhada por uma chuvinha fina que passou, Davi sempre insistiu que Augusto é apaixonado por mim, é verdade que com o tempo ele foi se tornando fisicamente mais próximo, sentando sempre perto, me fazendo massagens e cafunés, ganhando familiaridade, enquanto Davi assistia calmo, sem se afetar, e eu aproveitava os mimos de Augusto, alimentando fantasias de um dia ser comida pelos dois – mas era sempre um pensamento vagaroso, sem pressa, porque sempre achei que teríamos tempo, que aconteceria um dia sem planejarmos. *Não vai acontecer*, penso, *porque Davi está indo embora e não sei se acredito na sua volta.*

Davi e eu nos despedimos de Augusto, e Davi lhe diz:
– Cuida dela, Augusto.
– Não precisa pedir – Augusto responde.
Eles se abraçam.

Augusto volta pra Natal e nós pra Pirangi, sinto que posso fazer o caminho pro castelo de olhos fechados, mas vou com olhos muito abertos tentando decorar os detalhes que ainda não decorei. Deitamos enlaçados, estou quente, com frio e cansada de tanto chorar, logo adormeço, mas acordo não muito tempo depois, a febre subiu e meu corpo treme, uma dor de ouvido horrível subitamente martelando nas têmporas, até abrir a boca dói, a mandíbula dolorida, me reviro amortecida pelo sono e acordada pela dor, num limbo cheio de suor que vai molhando os lençóis e me deixando grudenta.

Acabo acordando Davi, que se revira comigo, e ficamos nesse balé do desconforto madrugada adentro até que a dor se torna insuportável, desperto completamente chorando & soluçando e só não peço pra Davi me levar ao hospital porque não quero me despedir dele agora, porque tenho medo de ter de ficar internada quando tudo que quero é ficar com ele.

Davi está acordado e preocupado, passa os braços pelos meus ombros trêmulos e me aconchega no seu peito, me coloca no seu colo me ninando como a uma criança, com a voz baixa me dizendo pra respirar, aos poucos vou me acalmando e por fim consigo adormecer de novo.

• • •

Davi levanta cedo e continuo na cama enrolada em Baby Blue, ele precisa arrumar suas coisas pra partida e não me mexo porque não há nenhum lugar em que possa e queira estar a não ser aqui ao lado dele, ainda que ele esteja correndo pela casa, subindo e descendo escadas, arrumando malas, procurando passaporte, escolhendo que livros e papéis levar, enquanto isso permaneço imóvel, visto suas roupas e me engasgo com o que sinto, toda vez que ele sai do quarto choro e quando ele volta enxugo as lágrimas e sorrio, tentando parecer forte, tentando dizer que vou sobreviver, tentando mostrar que meu amor sabe deixar livre.

Ao meio-dia ele para de correr pela casa por uns instantes e se deita comigo na cama pra checar minha temperatura, é sábado e ele ainda não avisou Riana de que está indo embora nessa madrugada, então decide lhe mandar uma mensagem e percebo como os nossos caminhos já se bifurcaram, como até agora ela não sabia da sua partida e não perguntei pra ele de propósito, porque queria cada minuto dele só pra mim, ele coloca a mão na minha testa enquanto manda mensagem de voz descontraída, leve, absurda pra Riana, dando mais ênfase ao fato de que estou doente do que ao fato de que está partindo, diz pra ela que preciso de cuidado e a convida pra vir se despedir dele e (principalmente) cuidar de mim.

No final da tarde, ele para definitivamente de descer e subir escadas e fica no quarto terminando de arrumar as malas, ainda estou na cama vestindo suas roupas, o nariz vermelho e escorrendo, o cabelo embaraçado, o corpo mole, enquanto ele separa roupas e papéis conversamos e sei que essa é a nossa última conversa, a última confissão, a última cópula dos nossos segredos.

Ele repete, enfático, que vai voltar pra mim, *I'm coming back, to you, for you*. Seu olhar me pergunta se estou escutando e balanço a cabeça positivamente, mas então ele franze a testa e diz:

— Tem uma voz na minha cabeça me dizendo: você tá fazendo de novo, Davi. Você está deixando algo bom, que te faz bem. Ela disse que te ama, essa mulher maravilhosa disse que te ama e você está indo embora. Mas dessa vez é diferente, porque eu tô indo pra voltar, pra você.

Uso o resto das minhas forças pra resistir à vontade de implorar pra que isso seja verdade, meus olhos não conseguem enxergar direito porque estão cheios de sal e dor, a tarde começa a cair e a luz desse nosso último pôr do sol está mais dourada do que nunca, tingindo tudo de dourado, os cabelos dele, os olhos, a pele.

— Voltei pro Brasil derrotado pela vida, Mel. Me sentindo fracassado, um homem quebrado, um menino. Me doía tudo. Os ossos. A carne. Os bolsos vazios. O coração seco. Não tinha nada e o que tinha doía — ele pausa, o olhar fixo em mim, nós já tivemos essa conversa antes, mas sinto que algo diferente está por vir, algo nesse olhar sustentado, nessa ponte subitamente dura. – Eu já te contei que Pirangi, esse lugar, esse rio, essa praia sempre significaram um lugar de cura pra mim. Mas o que eu nunca te contei é que dessa vez não voltei pra me curar. Voltei desacreditado de tudo. Voltei... pra afundar de vez. Pra me suicidar. Aqui. Na casa do meu pai.

Meu coração para. O meu corpo mole de febre de repente endurece, alerta. Tento permanecer com a coluna ereta e o rosto impassível.

– Literalmente? – pergunto controlando o pânico da minha voz, tentando não demonstrar o assombro que me invadiu.

Ele está em pé, encostado na parede, na frente de uma das janelas gregas, talhado em ouro, e faz um único movimento com a cabeça dizendo que sim.

– Mas fui covarde. Falhei. Não tive coragem, Mel.

– Não é covardia, Davi. A vida se impõe. A vida é maior.

Domino a vontade abissal de pular da cama e abraçá-lo com o resto das minhas forças, meu sangue, minha fé, quero protegê-lo, mas sei que ele não quer consolo nem compaixão, lembro quando me pediu pra não tentar salvá-lo e agora entendo o que estava por trás desse pedido.

Por isso quando em seguida ele senta na cadeira de madeira ao lado da banheira onde já nos espremeos tantas vezes, me levanto e vou até ele com passos controlados, sento no seu colo e beijo seus olhos fechados, devagar e demoradamente, nesse gesto estou orando, estou fazendo uma prece, estou dizendo, olha, olha quanto amor tenho pra te dar, olha quanto amor existe na vida, viva, viva pra receber, é só o que te peço, viva pra me deixar te amar.

Mas não digo nada disso. Termino de beijar suas pálpebras e lhe digo com minha voz mais doce:

— Deixo esses beijos aqui, pra viagem. Mas não o suficiente. Pra acabar logo. Pra você ter de voltar e pegar mais.

Davi sorri o sorriso mais triste que já vi.

• • •

Ainda no seu colo, lembro de uma noite em que conversávamos sobre nossos demônios e sombras e o que mais mora nas nossas profundezas, logo quando esse assunto começou a ser pauta frequente das nossas conversas, especialmente as que se desenrolavam na madrugada, quando Davi não conseguia dormir e eu ficava acordada pra o acompanhar, me lembro de contar pra ele que minha maior assombração era minha própria carência, esse medo terrível do abandono que me acompanha desde a infância, mas não tive coragem de falar assim com todas as letras, ainda estava tentando disfarçar o que sentia e manipular as palavras, nessa mesma noite tentei lhe contar também do meu ciúme, mas de novo não tive coragem de contar a verdade nua e crua, então lhe disse apenas:

— Tenho medo porque te amo e te quero mais do que a qualquer um.

— Eu também.

– Você não tá entendendo. Mais do que a qualquer um. Ou uma. Mais do que a Riana.

Ele suspirou.

– Recebo e te devolvo o mesmo.

– Que porra isso significa? – perguntei rindo.

– *Fuck it*! Significa que sinto o mesmo. Sinto que você é a chave da minha salvação.

A chave da minha salvação. Ele falou isso. Lembro que achei tão forte que escrevi no diário, agora fico engasgada, percebo que não só eu, mas ele também estava tentando disfarçar o que sentia.

Penso no que lhe dizer agora, todos os motivos pequenos e grandes que me fazem amá-lo, todos os motivos pelos quais não abandonar a vida ou a mim, mas não quero invadi-lo, sei que o que ele acabou de me revelar é grande e quero ser digna dessa confiança, então escolho as palavras com cuidado e lhe digo que não vou tentar salvá-lo, mas que realmente espero que ele consiga ver a luz que ele tem e é.

Ele responde com a voz embargada:

– Obrigado.

A tarde vai passando e já, já Riana deve chegar, ela disse que viria ao entardecer e me sinto egoísta porque não quero que ela venha, ele finalmente está comigo na cama e nos beijamos, sinto gosto de doença na minha boca, aquele amargo no fundo da língua, mesmo assim o beijo e minha buceta se contrai, ele percebe quando minha respiração muda e ri, diz que eu só penso nisso, até doente, e que quer muito estar dentro de mim, mas não vai trepar com uma convalescente, *mas eu quero*, respondo, com febre e sem força e com o corpo todo dolorido e os olhos ardendo e o amargor na boca, eu quero.

Pego a sua mão e digo *vem cá medir minha temperatura* enfiando seu dedo dentro de mim, ele suspira ao me sentir quente, quente como o inferno, quente como lava, quente como só a mulher que ele ama pode ser, passo a mão por cima da sua calça e o encontro duro, desaboto seu cinto, puxo seu quadril pra mim e o puxo pra dentro de mim sem lhe dar tempo de tirar a calça, sem preliminar nenhuma porque não temos tempo, mas não importa porque estou tão molhada que o pau dele desliza sem obstáculos pras profundezas da minha buceta pegando fogo, por um instante o tempo para e isso é tudo que preciso, mais tempo, mais fundo, sinto meu corpo derreter e estou prestes a gozar quando escuto a porta se abrindo e Riana entra, cheia de sacolas, sorrindo linda e leve como sempre.

– Podem continuar – ela diz, colocando as sacolas em cima da bancada da pia.

Davi sai de dentro de mim, vai até ela, eles se abraçam, trocam algumas palavras, ela está surpresa com a notícia de que ele está indo embora, mas está feliz por ele. Ainda estou na cama, enrolada em Baby Blue, ele volta a arrumar as coisas que deixou pela metade e Riana vem até mim e me abraça, cheia de carinho, acolhida no seu abraço me sinto subitamente grata por seu cuidado, *como ela é grande!*, me maldigo por meu egoísmo e sua presença me (re)lembra o amor que sinto por ela, que já sentia antes de Davi e que Davi ofuscou com seu brilho de sol queimando.

Ela levanta e tira das sacolas tudo que trouxe pensando na gente, uma garrafa de vinho, gorgonzola, torradas, brownie, *vocês devem estar com fome*, ela fala sorrindo e com propriedade, sabendo do quanto esquecemos de comer quando estamos aqui, observo cada gesto seu e faço um esforço pra voltar à memória e relembrar como no começo éramos só nós duas, nós duas e nossa fome de mundo, nós duas e a sensação de independência, nós duas e quem comíamos, mas nunca ninguém entre nós, então tenho raiva de Davi, raiva por ele ter se intrometido entre nós, ter roubado o amor que eu poderia dar pra ela e que com ela estaria mais seguro, abrigado entre seus seios de mulher e mãe, mas quando eles se beijam a raiva se transforma em ciúme e fico confusa e já não sei se sinto raiva dele ou de mim mesma por ter dado tudo pra ele e ainda assim ele preferir ir embora.

Anoiteceu e Davi vai conversar com o pai antes da partida, conversa que ele deixou pra última hora de propósito, Riana deita comigo na cama, de onde praticamente não me movi o dia inteiro, cingidas uma na outra enterro a cabeça nos seus seios e quase esqueço de tudo, quando Davi volta, pesado da conversa com o pai, deita no meio de nós duas e ficamos em silêncio, nos alisando com as pontas dos dedos.

Quando os carinhos começam a ficar mais sensuais vou ficando triste, terrivelmente triste, não quero mais transar, só quero dormir e acordar quando ele estiver de volta. Davi começa a chupar Riana primeiro e entendo que é porque não a vê faz um tempo, mesmo assim me ressinto e não me movo, afundo, ela geme e o que antes era uma miragem, o meu grande sonho erótico, agora mais parece um pesadelo, não aguento assisti-los, meu corpo se retorce por dentro, meu corpo inferno, meu corpo lava, vem mais uma vez a vontade de levantar e sair louca pelas ruas de Pirangi, pegar o carro e correr de volta pra minha casa ou dirigir sem rumo, ir pra longe dali, longe dele, dela, dessa despedida insustentável e absurda – mas não posso, preciso levá-lo ao aeroporto, prometi, a essa hora não tem mais ônibus, então me controlo e espero mais um pouco, só mais um pouco.

Converso comigo mesma e repito *se entrega, são seus amores aqui do seu lado,* afago os mamilos de Riana pra não parecer tão morta, tão triste, tão acabada, ainda bem que eles não estão me olhando, por que não estão me olhando?, me sinto rejeitada, graças a deus ela goza rápido e Davi levanta os olhos pra mim, de novo não quero nem posso devolver o olhar, me sinto tão feia agora, não quero que ele me veja e descubra a miséria que sou, engulo a saliva com gosto de moléstia, ele enfia a cabeça entre minhas pernas e começa a me chupar, meu peito dói como se fosse arrebentar, só preciso parar de pensar, parar de pensar, *se entrega,* me digo, *é o homem que você ama aqui entre suas pernas,* o homem que você ama e que está indo embora e essa é a última vez.

Fecho os olhos pra que eles não vejam minha alma, ele enfia os dedos dentro de mim e apesar de toda essa confusão mental e emocional eu gozo e ele não para, continua chupando e enfiando os dedos com força até eu jorrar, a explosão do orgasmo rompendo todas as represas, me desvencilho e procuro sua boca, beijo-o desesperadamente, sinto sua partida no fundo do meu ventre e no vazio da minha buceta, por causa da convulsão do orgasmo a carne ainda treme e no meio do beijo percebo que estou chorando, lágrimas grossas pingam dentro da boca dele, ele sente o sal na sua língua e abre os olhos alarmado.

Vejo seu olhar atormentado, ele me abraça e soluço no seu ombro, não sei se Riana percebe toda essa movimentação, não sei o que ela está fazendo nesse momento, se está esperando ou se masturbando, não sei, sei que agora me desvencilho do beijo e desço pra chupá-lo, seu pau é como uma boia salva-vidas, a última coisa a me agarrar pra não afundar, Riana se aproxima e o chupamos juntas, ele goza nas nossas bocas e engulo o máximo que consigo, lambendo o restinho de porra que escapou e lambuzou sua pélvis, quero tudo dele – tudo que sei que não posso ter.

• • •

Estamos os três deitados, os três na cama e ainda temos algum tempo, mas os apresso, voo internacional, sabe como é, tem de chegar cedo, duas horas antes e o aeroporto é tão longe, blá-blá-blá, a verdade é que não aguento mais esse quarto, essa despedida, essa vista passageira de coqueiros & cajueiros e ele passageiro também, ele nu, ele partindo, ele daqui a pouco entre pinheiros & neve, ele daqui a pouco cortando árvores com motosserras, pescando caranguejos gigantes no Alasca, ele fazendo novas tatuagens, chupando novas bucetas e paus também, ele daqui a pouco longe de mim.

• • •

Davi pede pra dirigir porque estou doente e quer me poupar da longa viagem de Pirangi até o outro lado de Natal, até depois da ponte e da Zona Norte, até os confins de São Gonçalo do Amarante, vou no passageiro com o olhar fixo na paisagem que passa, um borrão de luzes e vultos e postes que ficam cada vez mais espaçados, Riana vai no banco de trás mexendo no cabelo, abrindo a boca pra falar qualquer coisa e em seguida fechando-a sem nada ter dito, Davi tamborila os dedos no volante tentando preencher o silêncio, dirige incrivelmente mal, não vê os buracos da estrada, raspa o fundo do carro nas lombadas, fico nervosa e o faço parar no acostamento e me devolver a direção, um desassossego paira pesado entre nós, ele tenta colocar uma música alegre, fazer uma gracinha, mas me recuso a me deixar contaminar por isso – quero que ele suporte o desassossego comigo.

• • •

Uma hora de carro até o aeroporto. A noite não tem estrelas e a estrada é escura, os postes mal iluminando o caminho. Paro em frente ao portão de embarque com o peito como uma bomba-relógio. Desço do carro e não sinto o chão, piso como que em lama movediça, na sola dos pés descalços a margem escorregadia da partida. Davi e Riana desceram do carro antes de mim e ele a está abraçando, me encosto na porta do passageiro pra não cair, subitamente tonta, e fito o chão pra não ver quando eles se beijam na boca e roçam as línguas e se olham nos olhos e dizem coisas doces um pro outro. Engulo em seco. Ele se volta pra mim sorrindo e é minha vez de entrar no seu abraço quente, meu corpo tem uma urgência terrível do dele, quando sinto seus braços me enlaçando me sinto como que drenada, por isso bamboleio, as pernas sem forças, o coração espremido contra costelas que esqueceram como se expandir, por isso os suspiros doem e a respiração é só pela metade.

Entro silenciosa no seu abraço, como um pássaro procurando ninho, enterro a cabeça no seu pescoço e respiro o cheiro da sua nuca, abro os olhos e vejo seu rosto tão perto do meu, vejo seus olhos verdes, vejo as luzes estupidamente brancas do aeroporto queimando minhas retinas, *como a gente veio parar aqui?, e por que meu coração pesa uma tonelada?,* a gente se beija na boca também, sinto sua língua áspera passeando pelo céu da minha boca, amoleço um pouco, poderia me perder aqui, poderia ficar aqui pra sempre, mas é um beijo rápido, então ele está dizendo que me ama e se cuida e eu estou olhando pra ele como que anestesiada, pensava que esse seria o momento de desabar em pranto & drama, mas estou seca, um sertão sem fim, esboço um sorriso débil que também é só pela metade, pego no seu rosto com mãos frias e digo te amo e se cuida e nesse momento não quero nada além de mergulhar no limo dos seus olhos e sustentar esse olhar até que todo o aço e ferro platinado desse aeroporto se derretam diante do calor do nosso amor, quem sabe as hélices dos aviões se derretam também e ele não vá a lugar algum e descubra finalmente que o maior voo é esse de quando se salta da margem do medo.

 Mas o aeroporto não derrete e ele não vai deixar de ir embora, então ele me dá um beijo na testa e se abaixa pra pegar a mochila surrada, surrada como tudo que é dele, e eu, surrada também, dolorida no corpo inteiro, penso fracamente que toda força que a gente, eu e ele, poderia gerar há de ficar também pela metade, então ele se afasta, sorrindo e acenando pra nós duas, eu estou fincada no chão como um poste, dura, seca e sem emoção.

 Quando ele já está há alguns passos de distância ela vem pra perto de mim e pega na minha mão, as luzes do aeroporto continuam piscando, piscando, piscando e ele finalmente some por baixo da placa de embarque, as portas automáticas se fecham e de repente sinto o frio do chão sob meus pés descalços, lembro que não estou pisando em areia movediça, lembro que esse delírio coletivo que vivemos acabou, lembro que não tem rio nem poesia pra mergulhar – há apenas a realidade e sua dureza de concreto e meus olhos secos e a garganta apertada e ele sorrindo & partindo. Davi já partiu.

 Riana me olha com piedade, como se quisesse me consolar, mas não sabe o que dizer. Entramos no carro em silêncio e dirijo de volta pra casa com a bomba-relógio ainda dentro do peito.

...

No carro Riana tenta conversar, consertar o peso do silêncio, consertar o meu sentir, a minha saudade, o meu vazio, mas eu não quero ser consertada, pelo contrário, quero que a bomba-relógio no meu peito exploda, pra assim eu não ter mais de carregá-la, quero os destroços, quero espalhar meus pedaços pelo mundo até eu não ser mais eu, quero sentir o vazio que Davi deixou, mas não sei como lhe explicar tudo isso, então aumento o volume da música e não posso mais do que respostas monossilábicas.

Chegamos na minha casa em silêncio e em silêncio subimos as escadas, tiramos a roupa e deitamos na minha cama, ela me abraça e na conchinha morna do seu corpo a bomba-relógio se acalma e tento dormir, escuto a respiração de Riana se alongando e seu corpo afundando no colchão, fico insone olhando o teto e sentindo o vazio no peito, no estômago, na buceta, fico na dúvida entre comer ou vomitar, dormir ou acordar.

Acordo no domingo com uma tontura que não me larga, o ouvido ainda doendo, me entupo de remédio e nada, Riana passa o dia comigo, assistimos a qualquer coisa na televisão, vamos ao teatro e passamos a peça inteira de mãos dadas, depois da peça alguém nos convida pra uma festa na casa de outro alguém e vamos ainda de mãos dadas, como se eu não estivesse passando mal, como se Davi não tivesse ido embora, como se fosse mais um fim de semana normal em Natal, mas a festa, tudo tão comportado e heteronormativo, tudo tão sem graça, então voltamos pra casa agora mais conformadas com o silêncio, deitamos e não transamos, Riana adormece fácil como sempre e eu demoro horas pra dormir me perguntando por que o corpo tem de sentir tudo e quando ele vai parar de doer.

• • •

Segunda-feira. Riana vai embora logo cedo. Minha febre passou. Meu ouvido ainda dói. Minha mãe me pergunta: o que você não está querendo escutar?

• • •

Recebo o primeiro e-mail de Davi:

Amor – tem sido a força maior guiadora desde que te vi na ilha de luz jogada noite afora nas redondezas do aeroporto.
    Talvez não seja de total e imperativa importância, mas me senti realmente mal por estraçalhar seu carro nas lombadas enquanto dirigíamos pro aeroporto, raspar a nossa carruagem e você, doente, ter de assumir a direção – como se eu estivesse dirigindo assim só porque estava meio cego, ou pior ainda, com sono – como se a despedida não fosse como uma potente toxina, pujante e devastadora. Penso nisso quando te solto antes de te beijar, somos yin-yangs perambulantes se chocando. Te amo!

Dormi inteiramente no voo para Guarulhos, como um manequim de madeira, já feito sem olhos, apenas a sugestão artística de cílios. Acordo para o café, é claro, e durmo de novo, para despertar no frio agradável de São Paulo – talvez esse seja o frio que seria bom pra nós dois, meu bem, inclusa no ar estava a promessa de roupas a serem retiradas às pressas depois daquelas caminhadas por onde jogamos fora poesia, por entre dentes e goles de café com uísque ou vinho, eu e você, que merecemos a poesia porque os amantes são os aventureiros primordiais e precisam de constante reafirmação de que estão certos e santificados na sua busca do amor perfeito, que precisam de constante reafirmação de que não são de fato insanos por buscarem algo além daquilo que nos cerca.

São Francisco São Francisco São Francisco São Francisco. Vejo Will, meu melhor amigo, e o mundo explode e tenho que lhe escrever outras cartas começando a partir daí, porque tem mais, muito mais, cerveja e conversa. Ele, Will, me dá dois livros de presente, e você não vai acreditar! Antes mesmo que soubesse de você, ele me dá uma obra de Henry Miller e a versão completa de *Henry e June*, de Anaïs Nin. *Fuck, dude!* Sorrio profundamente porque o Universo não é sutil de forma alguma.

Te amo, Mel, sabe disso, não sabe? Nem me preocupo com distância porque você tá aqui do meu lado e vou te ver em carne e osso, especialmente na carne, logo em breve, quando voltarei triunfante cheirando a pinhos e musgo e deitarei tatuado nos seus seios e terminarei aquele sexo anormalmente quente que interrompemos, sim, inacabado quase propositalmente para voltar e me incrustar dentro de você, sentir sua buceta como uma luva quente de mel e lava envolvendo meu pau, sua maravilhosa buceta gritando pra lhe penetrar, só de pensar fico duro e te desejo sem parar.

• • •

Os dias se passam e acordo com o coração pesado como tenho acordado em tantas manhãs, o ventilador soprando na minha cara e eu enviesada na cama que agora parece grande demais, acordo abrindo os olhos de repente, alerta, o coração batendo já acelerado, um ser vivo dentro do peito, e a ansiedade de pegar o celular e encontrar notícias de Davi.

Na maioria dos dias, não há notícias e imagino Davi se embrenhando em florestas e aventuras distantes, Augusto me liga e me chama pra ir à praia, digo que sim, coloco o biquíni, preparo o café, mas enquanto mastigo uma tapioca seca escuto o silêncio e percebo que preciso ficar sozinha, nos últimos meses quis tudo menos a solidão, quis me fundir em Davi, quis o conforto dessa fusão, quis nadar no nosso rio como em líquido amniótico, isolada do resto do mundo na ilusão de que dois podem ser um.

Volto pro começo, pra quando me mudei pra Pium desejando e buscando a solidão, como agora ela me assusta tanto?, que curva foi essa no meio do caminho?, como vim parar até aqui?, faço meu ritual de sempre, música, incenso, estou prestes a colocar meu celular no modo avião pra que nada me perturbe quando vejo que Davi me mandou uma mensagem:

I love you and I miss you. Te mando mensagem do Oregon e penso em você como um homem grato pelas águas que o afogam. Estou perdido no teu mar. Te vasto.

 Leio e sinto muitas coisas, entre elas, me sinto só, não é inteiramente triste, não é inteiramente alegre, me sinto contente porque no mínimo tenho a mim, tenho a minha escrita, meu eterno ruir e do pó voltar como fênix, ontem de noite apresentei minha peça pra uma plateia lotada, saí com meus amigos-irmãos-artistas depois, voltei pra casa e não consegui dormir, na madrugada reli meus poemas antigos, e-mails de ex-namorados, investiguei minhas memórias, meus afetos e finalmente adormeci me sentindo cheia de histórias, amores, arte.
 Choro. Mas também danço. Também escrevo. Abro um vinho antes do almoço e me sinto confusa entre contentamento e melancolia. Três meses. Não é tanto tempo assim.

• • •

É uma manhã de sol sem nuvens e me vejo dirigindo de volta pra Pirangi com o carro cheio, meu irmão no passageiro, Carolina, Caê e Betina apertados no banco de trás, todos falando ao mesmo tempo, preciso deles mais do que nunca e os levo pra conhecer o trapiche de onde pulei tantas vezes com meus dois amores.
 Estendemos nossas cangas na madeira do trapiche e ficamos ali rendidos ao calor, convido todos a pular,

Betina tem medo de altura e hesita, Caê sugere que pulemos juntos, de mãos dadas e olhos fechados, nos damos as mãos e pulamos – e entendo que amizade é pular junto no mar de mãos dadas.

Sinto o baque do meu corpo afundando, a água morna, subo à superfície e encontro todos rindo, fecho os olhos e deixo meu corpo boiar, as ondas embalando a saudade, a conversa dos meus amigos cada vez mais abafada, tento me fundir no mar, ser só uma onda que balança e não pensa, quando abro os olhos as vozes estão distantes e eu já vou longe levada pela correnteza, nado de volta até o trapiche, onde todos tremem de frio e abrem cervejas.

Meu tour não acabou, é hora de rumar pro rio, uma caminhada curta pela praia, na margem do rio os coqueiros fazem sombra, arrumamos nossas cangas na areia, perto das pedras e ficamos ali sem ver o tempo passar, a tarde cai, o vento esfria, o mar ao longe fica platinado, o horizonte pintado de tons pastel de rosa e lilás, é tão bonito o mar como um espelho d'água, o rosa esmorecido ali onde o sol se põe, por cima de tudo isso um azul-claro, dando seus últimos suspiros.

Trouxe o diário comigo e sugiro que escrevamos um poema juntos: o diário vai passando de mão em mão e cada um de nós deixa um verso, entro no rio e me despeço dele porque só tive tempo de me despedir de Davi, mergulhada nessas águas falo com Davi por telepatia, *é estranho estar aqui sem você, peixinho, penso em você, me banho em você, tudo é de uma sutileza divina e penso no teu rosto debaixo do meu quando eu ficava por cima, penso nos teus olhos, sempre nos teus olhos.*

Betina interrompe meu pensamento quando aponta pra uma menininha correndo na outra margem do rio, ela corre tão feliz, tão solta, seu riso de criança é trazido pelo eco do vento até nós, que paramos e contemplamos.

Caê fica comovido e dança de sunga sobre os sargaços, suas pernas longas e finas traçando círculos no ar, ele nos chama pra dançar e aceitamos – cinco loucos bailando sem música na beira de um rio cor-de-rosa, impossível não lembrar daquela frase do Nietzsche, clichê e mil vezes repetida na internet, "aqueles que dançavam eram considerados loucos por aqueles que não ouviam a música".

Me sinto grata por andar com quem ouve a música. Quando chega a vez de Betina escrever seu verso no diário, ela queima as pontas da folha com o isqueiro e depois se justifica explicando que esse pequeno incêndio simboliza Davi, o arquiteto de fogueiras, ela diz rindo e sou tomada de saudade que dói e tenho vontade de chorar, vou até a beira do rio, coloco os pés na água, falo com Davi por telepatia, *você ainda está aqui, peixinho, o mundo segue queimando, eu sei, você sabe, você nunca esquece, espero que não se esqueça de mim.*

A lua aparece, minguante, sorrindo por cima do resto da tarde que se esvai, sinto a correnteza do rio nos meus pés, eu estava afogada o tempo inteiro, afogada nessa paixão louca que chamei o tempo todo de amor, mas agora já não tenho certeza. Pulei nesse rio e me afoguei, mas agora preciso voltar à superfície. Preciso de terra firme pros meus pés tortos. Do outro lado do rio, um velho pescador puxa seu barco pra fora d'água. Penso: *eu também preciso chegar à outra margem, seja ela qual for.*

• • •

Tenho férias e preciso urgentemente me mover, viajar, preciso de outra praia, outro mar, um que não esteja repleto do fantasma navegante de Davi, Augusto comenta que está indo pra uma ecoaldeia perto de Canoa Quebrada com a nova namorada, não preciso de nenhuma informação além dessa, arrumo uma mochila e vou.

Ao entrar no ônibus pra Canoa Quebrada escrevo no diário com o peito mais tranquilo, me sinto apaziguada assim em trânsito, entre um lugar e outro, o coração aqui e ali, se espalhando – quando estou em movimento, *eu não sou a pessoa que fica*. Chego primeiro e passo a manhã sozinha na praia, perambulando em silêncio, bebendo água de coco, sentindo o sol.

No fim da tarde encontro Augusto, a nova namorada Vicky e Maria, uma amiga em comum, à noite vamos pra um luau, visto meu vestido vermelho, o mesmo que usei no dia em que Davi foi embora, visto-o pra ele, pra lhe escrever depois e poder dizer *estava com aquele vestido vermelho, sem calcinha por baixo*, é lua nova e o céu está repleto de estrelas, atravessamos as falésias alaranjadas pra chegar à praia, penso em Davi o tempo inteiro.

• • •

Na segunda noite em Canoa Quebrada, vamos numa *jam session* numa barraca na beira da praia, o teto é de palha, o chão de areia, areia fria agora que o sol sumiu e as estrelas tomaram conta do céu, no canto esquerdo, em cima de tapetes e esteiras, estão os instrumentos livres, Augusto logo se sente em seu habitat natural, pega um violão e entra na roda, eu, Vicky e Maria não tocamos nada, mas entramos na roda mesmo assim, pra dançar, deixamos as sandálias num canto e dançamos de pés descalços, sinto os grãos de areia entre os dedos dos pés, na pele o baque surdo dos tambores, danço e danço e danço até começar a suar, o suor brotando entre os seios, nas costas e o quadril rodando, rodando, rodando o máximo que pode rodar, olho pra além do umbigo e vejo Vicky e Maria rindo, felizes, suando também, Vicky e seus cachos loiros, seus olhos azuis brilhantes, suas feições de estrangeira, Maria em sua pele negra e lustrosa, seu sorriso grande, sua delicadeza, elas sorriem pra mim e eu sorrio pra elas.

Vicky está longe da sua casa na Flórida, de onde veio fugindo de um relacionamento com um homem dez anos mais velho que queria casar e ter filhos e construir uma casa e uma vida de conto de fadas que não é de jeito nenhum o que ela quer pra própria vida, quando ele a colocou contra a parede, ela arrumou as malas e comprou uma passagem só de ida pro Brasil.

Maria, por sua vez, tem raízes na Guiné-Bissau, faz duas faculdades ao mesmo tempo, dança & direito, fala com uma inteligência que hipnotiza e um sorriso que aproxima, tem tanto encanto nela, quando ela dança, seu espírito sagitariano é desses que injetam alegria ao redor.

Nesse momento, eu nem percebo, não estou pensando em Davi, estou admirando essas duas mulheres que dançam na minha frente numa *jam session* na praia de Canoa Quebrada, é uma noite estrelada, a maresia sopra fresca e agora, nesse momento, não gostaria de estar em lugar algum que não esse, estou tão presente que não penso que estou presente e isso basta.

A vida é mesmo a arte do encontro.

Parte IV

FOZ

Faz um mês desde Canoa Quebrada – faz também um mês que Davi não dá notícias e a quebrada sou eu. Não consigo lidar com o vazio. Hoje acordei cedo, fiz ioga, sentei pra meditar, durante a meditação lágrimas fortes romperam e agora, durante a escrita no diário, que tem andado rala, elas rompem novamente, sinto o sal na boca – preferiria sentir Davi.

Depois de muita negociação comigo mesma escrevo pra ele, penso que o mais maduro é dizer o que sinto, não ficar fingindo ou escondendo e, apesar de cada palavra sair com sufoco, no final me sinto honesta e aliviada:

Baby, não estou sentindo o teu amor e está doendo, reluto em te escrever estas palavras, em te contar que estou me sentindo carente e triste e abandonada, por favor não pense que a razão disso tudo é você, essa minha dor é anterior à tua existência, tenho vergonha de te dizer tudo isso e me mostrar nesse momento que julgo de fraqueza, mas sei que sou só humana, então te peço: *send me some love when you can/if you want.*

E por favor não pense que estou te cobrando qualquer coisa, nessas últimas semanas algo aconteceu, não sei se foi a lua, os hormônios, as oscilações, as muitas coisas que a gente guarda dentro da gente, provavelmente tudo, a verdade é que ainda sou uma criança ferida e tenho vergonha de pedir o amor que preciso.

Mas aqui estou eu. Nua diante de você e pequena diante do amor. Pedindo ajuda.

• • •

Quando chega a notificação da resposta de Davi no meu celular, meu coração dá um pulo ansioso, toda vez que o seu nome aparece eu estremeço. Abro o e-mail e vejo sua resposta:

Sem tempo. Grato pelas palavras. Beijos.

Procuro por mais. Não há.

• • •

Os dias se passam, o vazio continua. Davi posta fotos, mas não fala comigo, nenhum e-mail, nenhuma mensagem. Estou na roda de samba do Beco da Lama com Riana, estamos cada vez mais distantes, mas sinto que ainda nos amamos, de um jeito diferente, de um jeito que adivinha o fim. Olho pra ela e a vejo tão bonita, mais do que nunca. Vejo-a imaculada, não corrompida por tudo isso que me corrói. O ciúme que nunca contei é como uma pedra entre nós, tenho vergonha dele, vergonha de ter desejado Davi só pra mim, vergonha de mim. Esconder me afasta dela. Não deixei de amá-la, mas estou deixando de me amar. Ou talvez nunca tenha aprendido de verdade. Me sinto pequena, falhando.

Acho que ela entenderia se eu falasse, ela me acolheria em seios fartos, me olharia com olhos bondosos, mas as palavras não saem da minha boca. Olho pra ela com esse engasgo na garganta e me pergunto se ela sabe, suspeita, intui. Ela não dá pistas, ela sorri, dança, me beija, beija outras bocas. Parece contente, despreocupada, quando falamos de Davi ela expressa carinho, nunca angústia, nunca raiva, nem mesmo saudade.

Me tranco no banheiro repetindo, como um mantra, o amor não pode ser sempre sofrimento o amor não pode ser sempre sofrimento o amor não pode ser sempre sofrimento.

Lavo o rosto. Não quero sobreviver ao amor como quem sobrevive à guerra.

• • •

É aniversário de Augusto e ele está dando uma festa na sua casa de praia em Pirangi, a praia que me persegue. Chego tarde, vestida toda de preto e batom vermelho, a festa já está cheia e os convidados chapados, cruzo uma pequena multidão procurando por Augusto e meu coração dá um pulo quando vejo Nicolas, lindo, dentes brilhantes e cabelo preso num coque, finjo que meu rosto não ficou quente e meu coração não acelerou, cumprimento-o com um beijo frouxo e ajo como se ele não fosse ninguém, remoendo a mágoa de tudo o que ele falou sobre mim pra Davi, ele puxa um assunto banal, respondo monossilábica e saio pra procurar um abridor de vinho pra garrafa que trouxe.

Abro a garrafa, dou um longo gole, vou ao banheiro retocar o batom planejando ficar insuportavelmente sensual e ignorar Nicolas a noite inteira. Quando estou saindo do banheiro esbarro com um desconhecido na porta, ele me olha e fica sem ação, espero um segundo que ele saia do meu caminho, mas ele não sai, olha pra minha boca e seu desejo se reflete no seu olhar, cruzo os braços e levanto as sobrancelhas como que o desafiando, vai me deixar sair?, meu corpo lhe pergunta sem paciência, ele abre a boca pra dizer alguma coisa, mas não diz nada, como que abismado por mim, faço que vou entrar no banheiro, mas ele coloca a mão na porta e me encurrala.

Fico com raiva, menos por ser encurralada, mais por ser esse homem sem nome aqui me desejando e não Nicolas, não Davi, brota uma sede de vingança no fundo da minha garganta, puxo-o pra dentro do banheiro e fecho a porta, ele vem, mas vem balançando a cabeça negativamente, tentando resistir, sua resistência me deixa com mais raiva, *que porra é essa?*, estou cansada de coisas que ficam pela metade, quero levar tudo até as últimas consequências, quero quebrar alguma coisa, eu, ele, quero testar meu poder de destruição, tomada por qualquer coisa selvagem falo baixinho no seu ouvido: *você não tem força suficiente pra dizer não pra uma mulher como eu.*

Ele me olha com um desejo que parece doer, se afasta, põe as mãos na cabeça, repete baixinho *não, não, não*, cravo minhas unhas na sua cintura e chego meu corpo junto do dele perguntando *por quê?*, ele balbucia que tem namorada, mas nesse momento a porta já está trancada e ele está agarrando minha bunda e lambendo meu pescoço, sinto um demônio a me guiar, por que esse prazer sórdido agora, essa vontade de destruição?, por que estou achando graça em vê-lo sofrer e se render diante da guerra do meu corpo?, por que não o deixo ir?

Ainda dizendo fracamente *não, não, não* ele me joga na parede e me beija e procura com fervor o espaço entre minhas pernas, eu o beijo de volta e apalpo o volume duro por debaixo da sua calça jeans, começam a bater na porta do banheiro, escuto vozes altas e cervejas tilintando, as batidas insistentes na porta são como batidas na minha consciência, desperto, que merda eu tô fazendo?, não quero isso, transar com esse desconhecido que tem namorada em pé num banheiro sujo, não quero, paro tudo, a raiva se esvai e fica só uma tristeza sem fim, me descolo dele, saio do banheiro, esbarro em quem estava esperando e não olho pra trás.

O demônio me deixou e mais uma vez tenho de lidar com o vazio.

• • •

Cruzo o corredor escuro, música ecoando abafada pelos cômodos da casa de praia de Augusto, procuro por ela pra preencher o vazio, mas antes pego o vinho que deixei na mesa da sala de jantar e saio pro jardim, onde encontro Augusto rodeado de gente – Nicolas está nesse círculo. Augusto me abraça a ponto de me tirar do chão e vejo pelo canto do olho Nicolas me olhando, ele pergunta se tenho notícias de Davi e digo que tenho, mesmo não tendo – já faz duas semanas desde sua última mensagem.

Se fosse só Augusto aqui, me lamentaria pra ele, ele entenderia a minha saudade, me abraçaria e me deixaria nos seus braços quentes, mas porque Nicolas está perto sorrio, jogo charme, beberico meu vinho, sentados em bancos de ferro pintados de branco eventualmente o círculo vai se desfazendo até ficar só eu e Nicolas um de frente pro outro, sei que não é acaso, sei que ele estava esperando por esse momento como eu estava, mas ainda assim fingimos, rodeamos, conversamos sobre banalidades, livros, astrologia, eventualmente ele diz qualquer besteira como *vocês de Áries são muito orgulhosos* e nessa hora decido que cansei de rodear o problema e respondo prontamente:

– Eu não fui nem um pouco orgulhosa com você.

Ele ri de nervoso, mas não movo os lábios e ele logo fica sério.

– Eu sei. Fui eu que não aceitei seus convites. Mas não foi por não querer. Foi por medo, Mel.

– Medo de quê? De mim?

– Talvez. De você. Do que você me fez sentir.

Então me vejo despejando tudo que estava engasgado: que me apaixonei por ele naquela noite e que a conexão maior havia sido com ele, ele, Nicolas – ele respira rápido e pra minha surpresa pega as minhas duas mãos entre as suas e assim de mãos dadas me olha nos olhos e repete que sentiu o mesmo, que se sentiu conectado comigo como há muito tempo não se sentia, que nem queria ficar com Riana, que só queria a mim, mas aí o interrompo:

– Você foi covarde comigo, Nicolas. Foi covarde fugindo e foi covarde falando mal de mim pro Davi. A fuga eu aceito, é direito seu, o resto não. Você me magoou profundamente.

Espero Nicolas se defender, mas só abaixa a cabeça e, olhando pras nossas mãos ainda entrelaçadas, responde:

– Sou covarde muitas vezes na vida, Mel – ele fala baixo com um misto de vergonha e resignação. – Desculpa. É a única coisa que posso te dizer. Desculpa.

Nesse momento tudo se dissipa, toda a minha raiva, a vontade de vingança, de fingimento, de destruição, estou cansada, triste e com saudade, mas no fundo de tudo isso resta um bem querer, ninguém tem culpa de nada, a gente só não sabe amar, a gente tem medo, muito medo, medo do amor, medo da solidão, medo de se arriscar e de não se arriscar, medo de tudo.

Ele faz um carinho na minha mão, abatido. Me sinto tão cansada.

– Tá tudo bem, Nicolas. A gente faz o que pode.

– Às vezes a gente pode fazer melhor. Com um pouco mais de coragem.

Soltamos as mãos e a festa continua.

• • •

Pietro conseguiu um financiamento pra uma exposição fotográfica e me convidou pra ser uma das suas modelos, ele quer a nossa nudez, não só de corpo, mas de alma, de dor, de gozo, por isso pediu que cada uma escolhesse um lugar que significasse algo pra si.

Sei que foi masoquista ter escolhido Pirangi, ter escolhido ligar pro pai de Davi e pedir pra usar o castelo, cemitério de tantas lembranças embriagadas, mas era o que queria: ir lá e sentir tudo que senti, ir lá e ficar triste como fiquei, ir lá e ver o fantasma de Davi nos quatro cantos daquele quarto, fazendo café, fumando na janela, dançando nu, ir lá e deitar na banheira e ouvir o eco da sua voz vindo da cadeira de madeira me recitando poemas seus ou lendo trechos de Henry Miller, ir lá e deitar uma última vez na banheira das minhas lágrimas, do meu gozo, a banheira do nosso amor derramado, ir lá e me sentir definhada e só, terrivelmente só.

Tudo que pensei nessa tarde, olhando pras paredes limpas do nosso suor, o chão desimpregnado dos nossos passos, o ar sem o peso do nosso sexo, tudo que pensei foi: não tive o suficiente, não tive o suficiente de nós dois, quero mais, muito mais, o dobro, o triplo, um looping eterno de você, Davi, Davi, Davi, deitada na banheira sem nenhum peixe doido a me navegar, chorei lágrimas de sal e a dor era como uma concha perfurando meu peito e afogando a respiração. Pietro, escondido e sagaz, fotografou a saudade.

No carro de volta pra Natal, seguro as lágrimas, Pietro está empolgadíssimo com o resultado, amou as minhas fotos chorando, me mostra algumas delas na tela da câmera, eu dirijo e finjo que estou prestando atenção na estrada, mas estou presa no que sinto.

Chego em casa com mais choro entalado, com raiva do sumiço e silêncio de Davi, quero mandá-lo à merda, quero mandar toda essa conversinha de amor pra puta que pariu, quero me sentir coitada, mas me olho no espelho e resolvo que não vou ficar nesse sofrimentozinho do caralho, que não vou ficar esperando por ele – já tinha marcado um encontro com o cara com quem venho saindo nas últimas semanas, então enxugo as lágrimas, troco de roupa e retoco o rímel e o delineador.

Trinta minutos depois meu atencioso moreno barbudo está estacionando na frente da minha casa e estou sorrindo como se não estivesse morrendo por dentro, ele dirige pra seu apartamento na Praia dos Artistas, me dá vinho na boca, me faz massagem, me coloca no seu colo, me chupa com devoção, está tão apaixonado por mim, coitado, hoje quero mais do que nunca dar tudo pra ele e dou, a boca, a buceta, o cu, menos o coração, mas isso ele não sabe.

Ele entende tudo pelo contrário e fica sem fôlego diante de tanta oferta, eu sei que ele quer namorar, pensa que estamos evoluindo alguma coisa na nossa relação, mas estamos regredindo, estou usando-o pra me vingar do amor, de Davi, dou o meu corpo pra ele porque não há nada mais que possa dar, tudo está trancado, tudo está perdido, tudo está procurando Davi e não encontrando, enquanto isso o meu moreno barbudo ganha o melhor boquete da sua vida e um bocado de sexo anal e acha que eu estou me abrindo pra ele e murmura que sou uma deusa, uma deusa, ele diz. Sorrio como se fosse capaz de achar aquilo bonito, mas diante das suas declarações carinhosas ergo um muro entre nós.

A verdade é que ainda espero Davi, triunfante e cheirando a limo como me prometeu, voltando pra mim, como me prometeu, e, ainda que goze três vezes nos braços de outro, com o pau de outro, ainda que termine tudo toda assada, é com Davi que sonho e por isso não consigo dormir do lado do moreno, acordo-o às três da manhã e o faço ir me deixar em casa no meio da madrugada pra que eu possa sonhar em paz com a guerra do meu coração.

• • •

Sonho com um vestido branco arrastando a cauda pela areia, uma coroa de flores, um buquê de lírio e jasmim, deliro, meu dedo esquerdo dói, será, meu deus, que foi tudo um castelo de areia que ruiu?

• • •

No dia seguinte, ainda assada, não aguento mais e mando uma mensagem pra Davi, a última, eu me prometo, sem enfeite, sem disfarce, perguntando as duas únicas coisas que realmente me interessam:

Você ainda me ama? Você vai voltar?

• • •

Beldades, amigas, amadas,

Tenho dolorosa ciência de que o tempo passado em silêncio não se torna irrelevante com alguns versículos via Facebook, mas a gente faz o que a gente pode. Tenho postado fotos, sim, como migalhas pro mundo exterior, pra quem queira ver ou tenha curiosidade – mais como o modo mais eficiente e prático de dizer às pessoas queridas longe "existo". Vivo esses dias, desde a última vez que as vi na verdade, uma existência às pressas, vagando entre montanhas e estradas, acampando e trabalhando, enchendo os olhos de poentes e pouco a pouco esvaziando a cabeça, sentindo a calma pousar lentamente vez ou outra.

Peço desculpas pelo silêncio, sua companhia tem sido tão constante e abençoante (é uma palavra?) que mal creio nas imagens que tenho cravadas na minha memória como algo passado. Lindas, aceitei um trampo de dez meses e não tem outro jeito de dizer que não vou voltar tão cedo. Estarei fora esta semana e meu celular não presta por enquanto, mas logo terei acesso a um computador e quem sabe um lugar pra deitar a cabeça de vez em quando e lhes escrever algo melhor.

Por enquanto, grato e sempre seu, de longe ou de perto,
Davi.

∙ ∙ ∙

    Pisco e leio de novo pra entender o soco de cada palavra. Acabei de acordar e, no gesto automático de desligar o alarme e ver as notificações, leio a mensagem de Davi no Facebook, a mensagem nem só pra mim é, é um grupo, eu, ele, Riana. Riana já viu e respondeu, está feliz por ele, beijo, te amo, se cuida, até mais.

    Largo o celular como se ele fosse um bicho peçonhento, meu corpo se sacode num espasmo, o coração comprimido, falta ar, chão, sangue, força, cadê, cadê você, seu covarde, puxo algum fôlego, o peito descontrolado, o pulmão em chamas, me lembro de Davi olhando nos meus olhos e prometendo voltar, *I hate you, I hate you*, balbucio heresias em inglês, desorientada, sentindo a morte no próximo soluço, enfio a cara no travesseiro e grito, grito, grito.

    Sento, ligo o computador e digito tudo de uma vez só, como um cuspe.

∙ ∙ ∙

Davi,
    É tanto que me passa pela cabeça que não sei nem por onde começar. Estou com tanta raiva de ter de escrever, porque você não teve sequer a dignidade de me ligar, não me deu a oportunidade de um real diálogo, escolheu dizer que não vai voltar por uma porra de mensagem genérica de Facebook, eu quero gritar, arremessar coisas, bater no teu

peito, te dizer coisas pra te machucar, te dizer que foi uma péssima escolha amar você, porque você *não está aqui* e quero um amor feito de presença – você poderia estar longe e presente, mas nem isso, *you left completely*.

Você olhou nos meus olhos e prometeu que ia voltar, pra mim, por mim, e acreditei, por que a porra da promessa, Davi? Você sabe que não sei sentir raiva, lidar com ela, nem sei se isso que estou sentindo é suficiente, porque ainda não arremessei nada, só fiquei aqui *crying like a fucking baby* e quando percebi tava enxugando o nariz com Baby Blue, o lençol que você me deixou de herança, o que deixa tudo ainda mais ridículo, te escrevo agora porque sei que uma hora vou me acalmar e não quero te mandar uma mensagem boazinha, compreensiva, desapegada, *I'm hurt as hell*.

A gente precisou inventar um novo verbo pra amar, não foi?, me ajuda, a gente tava junto nisso, não tava?, *wtf?, how can you leave like this?, at least* tivesse cuidado, Davi, cuidado, você não me conhece?, *what is wrong with you?!*, primeiro te pedi ajuda e você me respondeu "grato pelas palavras", é sério?, te digo que estou sofrendo e você é grato?, "a gente faz o que a gente pode" – é isso o melhor que você pode fazer pra mulher que você diz que ama?

Se eu não tivesse dito mais nada, você sequer iria me contar que não vai voltar? Você não teve coragem de me mandar uma mensagem individual, Davi. Mereço mais do que isso, sei que mereço. Caralho, Davi. Tá doendo, tá doendo pra caralho e não sei o que fazer com essa dor.

E sei que quando a dor passar serei grata, que vou entender alguma coisa que não entendo agora, mas agora, neste momento, estou odiando te amar e odiando odiar esse amor porque ele era o que eu tinha de mais sagrado e tudo que eu queria era continuar glorificando-o. Meu coração está com você. Eu quero de volta.

• • •

Um dia sem resposta, uma semana sem resposta, um mês sem resposta.
    Dois meses. Três meses. Quatro. Cinco. Seis. Sete. Oito. Nove.

Epílogo

MARGEM

Paro em frente ao portão de embarque com o peito como uma bomba-relógio. Desço do carro e não sinto o chão, piso como que em lama movediça, mas meus pés não estão descalços, como estavam da última vez que vim aqui, calço um All Star branco e não bamboleio. Entro silenciosa no seu abraço, como um pássaro procurando ninho, enterro a cabeça no seu pescoço e respiro seu cheiro de natureza, abro os olhos e vejo seu rosto tão perto do meu, vejo seus olhos castanhos, vejo as luzes estupidamente brancas do aeroporto queimando minhas retinas, ela está dizendo que me ama e se cuida e estou olhando pra ela como que anestesiada, mas agradecida, pego no seu rosto com mãos frias e digo te amo e se cuida, mas isso não é o suficiente.

– Queria ter sabido te amar melhor, Riri.

– Não sinta que seria mais e melhor, ambas estamos aprendendo, juntas e separadas.

– Vivemos coisas lindas.

– Vivemos.

Pausa.

– Você merece o mundo, Riri.

Ela sorri e quero lhe dizer qualquer coisa grande, qualquer coisa que lhe peça desculpas, mas antes que consiga pensar ela me diz pra ir brilhar e amar, me chama de sereia, me conta que me vê em rios e *flamboyants*, em flores e em conchas, agradeço, agradeço por tudo que ela me ensinou e continua ensinando, nos beijamos, esse é o nosso último beijo, ela ajeita o meu cabelo atrás da minha orelha, passa a mão pela maçã molhada do meu rosto e tem tanto carinho derramado no moreno do seu olhar que não consigo dominar o soluço que vem. Ela pega minha mochila no chão e quando me passa a mochila me diz:

– Vai ser bom pra você.

Ela logo partirá também, de carona pelo meio do mundo, sem muito dinheiro, mas trocando seus dotes culinários por estadias e hospedagens, se misturando como é da sua natureza se misturar, tocando muitos corpos com sua alegria, mas agora é minha vez. Ainda não sabemos, mas daqui a alguns anos eu estarei morando longe e ela será mãe, um dia voltarei pra Natal, estarei de férias e cabelo cortado curtinho, pegarei sua filha nos braços e olharemos uma pra outra como velhas amigas – por enquanto só sabemos que estamos cada uma seguindo o seu caminho.

• • •

Despacho a mochila pesada e entro na sala de embarque com o diário dentro da bolsa junto com passaporte, carteira, celular, fone de ouvido, protetor labial, escova e pasta de dente, maquiagem e, além dos meus pequenos pertences, carrego o que não tem peso, mas ainda assim pesa, carrego o vazio, uma despedida de mim, de Natal, dessa vida que construí aqui na esquina do Brasil.

Nos últimos nove meses, senti o vazio crescer no meu ventre e pari um livro, este livro, voltei nos diários, nos e-mails, nas mensagens, teci um fio pra me nortear quando me senti perdida no labirinto que criei, escrevi pra conhecer minha própria história, pra me salvar, pra me curar e agora, cansada de sentir outros dentro de mim, viajo sozinha pra me sentir a mim mesma, pra ficar comigo, pra fazer as pazes com meu vazio e reencontrar a paz na solidão.

Na véspera da viagem, tive um sonho: estava em posição fetal num mar de lama, Davi me punha no colo, me ninava, eu sentia sua mão pesada na minha cabeça, mas quando olhava pra cima não era Davi, era meu pai – era meu pai o tempo todo. Agora, enquanto sento em silêncio na cadeira dura da sala de embarque procurando meu protetor labial pra hidratar meus lábios secos, entendo o que não entendia: o vazio não foi Davi quem deixou, esse abandono que tanto dói não é o de Davi, é o do meu pai, é o do homem que mais amei, do homem que foi embora de casa quando eu tinha quatro anos e ainda estava aprendendo a andar com os próprios pés (ele tinha exatamente a idade de Davi e, assim como Davi, ainda não era um homem).

A criança que fui, incerta e carente e precisada de amor, como o são todas as crianças, ainda me habita, escuto o que não queria escutar, escuto sua voz e ela me diz que procurei o amor do pai nos homens com quem me relacionei, que encontrei em Davi um espelho que refletia meu pai, percebo com uma clareza assustadora o que não percebia antes, como eles se parecem!, não de rosto, não de corpo, mas de espírito, um espírito que sente demais e sofre e se atormenta, que sente demais e não sabe amar, que sente demais e foge, que sente demais e se culpa e autodestrói.

Passo o protetor labial, vou até o café mais próximo, compro uma água, sento numa cadeira perto da imensa parede de vidro do aeroporto e assisto aos aviões lá fora, é um dia bonito e quente na esquina do Nordeste, amo esse sol, esse céu, essa terra. Uma menininha grita e passa correndo por mim com a mãe correndo atrás dela, penso na criança que fui e todos os desenhos de princesa a que assisti, descubro o clichê: andei esperando pelo príncipe encantado (por mais libertário e sujo e bêbado que fosse) que me salvaria e me jogaria no conto de fadas (por mais promíscuo e boêmio e obsceno que fosse), o príncipe que me carregaria no seu cavalo pra que eu não tivesse de andar com meus próprios pés, tortos – o príncipe que me salvaria.

Mas crescer é aprender a andar com os próprios pés – e parece que só agora entendo, aceito e desejo isso. Todo esse tempo julgando os homens com quem me relacionei, clamando aos quatro ventos que queria um homem, e não um menino – como, se eu mesma ainda era uma menina?, mas quando pari o livro me vi também parindo a mim mesma: parindo a mulher que eu sou. Por isso preciso deixar o ventre, o ninho, a casa da minha mãe e seguir meu próprio caminho – tortuoso e belo porque meu.

Sorrio sozinha comigo mesma, estou crescendo, sei e sinto. Dói, mas também é bom e quando penso nas dores que ainda carrego, entendo também que o que doía tanto... não era o amor, tenho nomeado errado todo esse tempo, era apego, era medo do abandono, medo do vazio, medo de crescer, preciso aprender a nomear direito pra não sofrer em nome do amor e achar que amor dói, que amar é uma violência, meu deus, como eu estava errada sobre tudo.

Vou montando as pecinhas do quebra-cabeça aos poucos, descobrindo um clichê depois do outro: todo esse tempo buscando fora o amor, buscando o amor em Davi, em outras pessoas, foi pra descobrir que o amor que há de me salvar é o meu por mim mesma, pego minha criança ferida no colo, pequena Melina dos pés tortos e olhos grandes, e paro de lutar contra mim. Pulei nesse rio uma menina, hei de chegar à outra margem uma mulher. Meu coração flameja.

• • •

Ainda estou sentada na sala de embarque escrevendo tudo isso no diário que tirei da bolsa, de vez em quando olhando através do vidro pros aviões que pousam e decolam, me sentindo finalmente plena, o vazio preenchido de mim mesma, quando o celular começa a vibrar na bolsa, apanho-o distraidamente e paraliso quando leio o nome na tela: Davi. Depois de nove meses de absoluto silêncio, o nome Davi pisca diante dos meus olhos.

O meu peito, um segundo atrás tão calmo, acelera descompassado, meu corpo inteiro alerta.

– Alô. – Minha voz é um fio.

– Mel?

Não respondo, engasgada.

– Sou eu – ele diz.

– Eu sei.

Pausa. A voz dele. Nesses meses de silêncio, eu já havia escutado todos os áudios das nossas mensagens, mais de uma vez, até aqueles que não diziam nada demais, que diziam qualquer besteira como *amor, traz vinho, bebi aquela garrafa inteira, amor, não vou poder ir pra festa, tô espancando a máquina de escrever e fumando mil cigarros, amor, você não vai acreditar, hoje ouvi um barulho de motosserra, fiquei tão saudoso, amor, você é um sonho, vem pra cá que quando eu acordar preciso de você pra continuar sonhando.*

A voz dele. Em tempo real. Um soluço vem, um engasgo, sinto cristais se formando nos olhos. Ele suspira e começa a falar, rápido e embolado, o quanto está aliviado por eu ter atendido, que estava com medo de que ainda estivesse furiosa, vou me contraindo na cadeira como um bicho preso numa armadilha.

Pausa. Começo a chorar, contra a minha vontade, ele me escuta chorando e perde o fio da meada. Recomeça, mais lento:

– Estou ligando pra pedir desculpas. Sei que não muda nada, mas sei que meu silêncio te machucou e me sinto terrivelmente culpado.

– Por quê? – consigo perguntar. – O silêncio.

— Guerras internas. Sei que você não precisava ter sofrido, mas, sabe como é, guerras são sempre injustas e os estilhaços atingem quem não merece.

Pausa.

— Por quê? — A voz quase não sai. — Agora.

— Porque agora é o momento certo.

Rio, incrédula.

— O momento certo?

Ele se corrige:

— Sei que já passou da hora, mas agora é o melhor momento pra mim. Finalmente tenho um lugar meu, alugado, um quarto no pé da montanha, tem aquecedor, tá fazendo um frio do caralho, meus ossos doem tanto, mal consigo andar, penso em você todos os dias, sei que não deve ajudar em nada, mas... Eu te amo, Mel. Eu te amo e penso constantemente que sou um idiota e tô no continente errado.

— Disso tudo, duas coisas óbvias: você é mesmo um idiota e tá no continente errado.

Ele ri e ouvir seu riso me enche de uma saudade que faz os meus ossos mais fortes tremerem, não consigo acreditar que ele resolveu me ligar agora, justo agora, agora que estava consolada por mim mesma, agora que encontrei as peças que faltavam, agora que acho que entendi tudo e dei sentido pra cada falta, mais uma vez ele vem e desmonta tudo.

Quando diz que sente a minha falta, suspiro e maldigo que também sinto a dele.

Pausa. Ele treme de um lado, tremo do outro. Escuto seus dentes batendo do frio, ele me escuta fungando.

Nós ficamos em silêncio, ele esperando que eu diga algo, eu esperando uma pista do meu corpo do melhor a se fazer, do melhor a dizer pra que ninguém se machuque, por fim decido pela verdade e consigo lhe dizer que conseguiria lidar com o fato de ele não voltar, mas o silêncio?, o silêncio foi cruel, covarde, descuidado, ele repete que sabe, sabe que olhou nos meus olhos e prometeu voltar, mas era sua real intenção, ele jura que esse era o plano, ir, fazer dinheiro, voltar, voltar pra mim, mas...

– Sou um idiota, *I fucked up*.
– *Yes, you did*.

Pausa. Choro mais. Silêncio estendido. Entre soluços, confesso:

– Davi. Eu imaginava. Você voltando. Pedindo minha mão. Todos os detalhes. Do nosso casamento. Na praia. Morar com você no castelo. Me perder. Me afogar. Em amor. Não nessa merda toda. Nesse abandono. Nesse vazio. Nesse desgaste.

Ele me pede pra acreditar nas suas palavras, jura de novo que esse era seu plano também, colocar uma aliança no meu dedo.

– Tudo que seria e não foi, eu sei que dói – ele diz.

Justifica que a vida que levávamos em Pirangi era tão perfeita, comigo, Riana, nossos amigos artistas, a boemia, o mar, o rio, tudo tão perfeito que ele sentia constantemente que não merecia, por isso o desespero pra partir, ele sentia que *precisava* partir, trabalhar com um trabalho que desgasta seu corpo, sofrer um pouco mais pra talvez ser digno de tudo que vivemos, não havia outra maneira, ele diz e quase grito:

— Para de ser tão pisciano!

Ele gargalha e meu peito se amarga de saudade escutando esse seu riso largo, escuto também o sofrimento submerso na sua voz, na maquinaria do seu ser e não consigo deixar de senti-lo como meu amor, meu coração se enternece, amo-o, meu pequeno sofredor, meu Cristo, meu Henry Miller, meu príncipe, meu peixe, e nesse instante nenhuma mágoa é maior do que o amor, quero que ele pare de se martirizar, quero que ele seja feliz, apesar de tudo, ainda quero protegê-lo, inclusive dele mesmo.

— Pois sabe o que acho? Que você merecia e merece, Davi. Toda a felicidade. A gente merece ser feliz. Eu, você.

— Me sinto culpado por ter acordado os demônios que dormiam em você, Mel. Por ter entrado na tua vida e te tirado da tua felicidade.

— Você não me tirou nada.

— Você diz isso, mas não acredito. Você era feliz antes de mim.

— E vou ser feliz depois de você.

— *I always fuck up*.

Não aguento mais ter a mesma conversa mil vezes, minha voz sai ríspida quando lhe digo:

— Eu te perdoo se você se perdoar.

— Não acho que eu mereça.

— Eu te perdoo, Davi. Tá escutando? Te perdoo. Te libero dessa culpa. *Essa* culpa você não precisa carregar. Essa não.

Pausa.

— Isso só confirma a mulher incrível que você é e minha admiração por você só cresce. Devo ser mesmo um idiota.

— Isso a gente já sabe, mas vamos tentar seguir em frente, ok? Quero que você seja feliz. Não sei por que você tem essa crença tão funda de que não merece, mas você merece sim, você é lindo e dourado. E é por isso que eu te amo. Ainda penso em você todos os dias, Davi. Mas cada vez menos. Tô bem agora. Tô bem e mereço ficar bem, pretendo continuar bem, esse é o plano.

— Você me diz que eu posso e devo me perdoar, mas, meu deus, Mel, às vezes me sinto nascido só pra ser destroçado em muitos pedaços, pra explodir nesse mundo adorável e pútrido e dançar e chorar, perdoar a mim mesmo seria como abaixar a espada da alma, escolher dormir cedo quando um Carnaval urge forte lá fora. Estou fazendo sentido?

— Não, está tentando justificar o seu não perdão e continuar na merda.

Pausa. Continuo:

— Acho que foi bom você não ter voltado. Acho que foi exatamente o que eu precisava. Talvez inconscientemente eu já soubesse que isso iria acontecer, talvez era isso mesmo que eu queria. Vamos ser realistas, Davi. Eu teria ido morar com você em Pirangi e a gente ia fazer o quê? Se afogar na inércia daquela vida? Por quanto tempo? A minha atenção estava toda voltada pra você. Agora resolvi o clichê dos clichês: vou investir em mim. No meu trabalho. Cansei de ser uma atriz sem dinheiro. Não aguento mais ser uma escritora não publicada. Escrevi um livro.

Ele ri.

– *Fuck*! Você é incrível. É sobre o quê?

– Eu, Riana, você.

Ele estava rindo, mas se cala.

– Não quero que você me faça maior do que sou.

– Foda-se, o livro é meu, te faço do tamanho que eu quiser.

Nós rimos juntos, mas é um riso triste. Pergunto:

– Substituí os nomes de todo mundo no livro. Mas o teu ainda não consegui. Que nome você gostaria de ter?

– Davi.

– Davi?

– É, Davi.

– Ok.

– E o seu?

– Mel.

– Combina com você. Doce.

Pausa.

– Eu escrevi uma coisa também. Faz uns dias. Pra você, querida. Tô com o computador aberto na minha frente. Acabei de te mandar. Tá no teu e-mail.

O jeito como ele me chama de querida. Estremeço.

– Vou ler. Agora.

– Claro que tem de ser agora, né, ariana?

Desligo e abro o e-mail. *"I'll be your Henry"* – é o título do e-mail. Engasgo. Que golpe baixo. Apelar pra nossa fantasia literária. Começo a ler.

• • •

Amor,

    Que lugar confuso esse de onde te escrevo. Estou num caminhão no final de uma estrada esquecida, deitada precipitadamente sobre uma montanha alta o suficiente pra que a neve, com olhos virginais de reprovação, se espalhe sob a sombra dos arbustos e das rochas. Há um silêncio zunindo aqui dentro da cabine, lá fora os mosquitos fazem voltas preguiçosas na luz alpina. É um lindo dia, apesar de todo esse frio.

    Estou confinado ao caminhão essa semana, fui parar no hospital esses dias e a dra. Honey me informou que não devo andar em superfícies irregulares ou levantar mais de dez libras, quatro quilos e meio, se você estiver se perguntando. Vestindo só meias de lã por baixo do robe do hospital senti minha respiração se quebrar sob a pressão do meu peito e meus ombros afundaram sabendo, à medida que ela falava, que o fim me foi declarado: você está acabado. Dez libras mal são as roupas que uso pra permanecer aquecido. Dez libras é metade da mochila que levo ao trabalho. Dez libras é um terço de uma motosserra. Pra não falar das superfícies irregulares.

    Com o atestado da médica, estou condenado à superfície lisa onde estacionei o caminhão e onde deixo os outros que vão ao trabalho, desço e encho as serras com óleo verde, facilitando o que posso antes que eles se façam fila e entrem um por um através das árvores e desapareçam pelo dia. Volto pro caminhão sozinho.

    Na segunda li metade de um livro de Henry Miller, meu muso, meu tirano e minha luz, que comprei com o exato propósito de escavar arqueologicamente meu passado espiritual – pra ler as palavras dele que poderiam ser minhas, escritas décadas atrás, e pra ler nas entrelinhas o processo criativo inglório, lamurioso e gritante que Henry deixou vazar à medida que foi forçado por uma força exterior monolítica a que só posso chamar de Destino pra sentar e escrever essa coisa toda.

Ontem terminei o livro e, quando deitei minha cabeça pra cochilar, fui instantaneamente levado no mais maravilhoso tríptico de sonhos que já experimentei, lúcido e colorido e cheio de sons ou pelo menos o pensamento deles. Tão lúcido quanto digitar pra você essas palavras. Eu estava no trabalho, no mesmo lugar onde minha forma adormecida estava, sentado na cabine do caminhão, quando uma família de três, faces cheias de consternação, me chamaram para ir a algum lugar, ele havia morrido e eu deveria ir, embora não fizesse ideia de quem era ele, mas como parecia saber quem a família era eu ia e de repente me via entrando pela porta da frente da casa de Pirangi, com seus tons laranja e a ponte levadiça.

Com receio pergunto para a família se isso vai levar mais de dez minutos, afinal deixei minha equipe no trabalho e, vocês sabem, tenho que voltar pra eles, eles dizem *quinze minutos*, só isso, então ok. No meio da sala do castelo de Pirangi, o morto sou eu, deitado num caixão de madeira com olhos fechados à força e a boca arroxeada.

De repente estou de volta ao trabalho, não mais dentro da cabine do caminhão, mas na montanha gelada, quando quem aparece, querida, senão o seu ser maravilhoso?, você na sua pele branca e seus lábios carnudos, o olhar pendendo beijos enquanto você levanta os olhos pra mim como que por acidente e sorri, e perco absolutamente todas as palavras. Te pego pela mão e te levo para longe da minha equipe, longe das serras e da serragem, e então, *my love*, estremeço com a brutalidade com que nós fudemos, como animais, eu & você, como feras selvagens, seu cabelo esvoaçando e eu me agarrando às suas costas como se o próprio céu estivesse tentando me chacoalhar para longe de você e você me agarrando a frente, mordendo o lábio e exigindo mais e eu felizmente obedecendo, te dando tudo, tudo de mim.

Foi uma foda, querida, uma foda de tremer a Terra, o orgástico monastério que nós chamamos Amor, exércitos feitos dos nossos antigos amantes poderiam sugar nas tetas da nossa benevolência, onde você, Sacerdotisa consagrada da Arte, Sexo & Transe, nossa Santíssima Trindade, você com suas formas arredondadas e lábios macios, rebenta luz pra dentro da nossa cópula profana e pra fora. Nunca ninguém me inclinou para a coerção religiosa, mas em nossa união encontrei uma igreja, encontrei minha fé cravada na sua lingerie, marcas do oculto e do sagrado. Eu, como uma sinuosa serpente se enroscando na sua deliciosa maçã, fruta do conhecimento e da benção, ao morder a sua carne sinto uma eternidade que supera a Morte. Gozar dentro de você é morrer e superar a morte ao mesmo tempo, querida.

Você diz que nós não tivemos tempo o suficiente e, *my love*, se discordo é apenas para argumentar que o Tempo como nós o experimentamos é uma ilusão, então nós nunca temos tempo o suficiente. Quando penso em Pirangi, os quartos espaçosos e brancos, os banheiros de porcelana, o cheiro de incenso & baseados consecutivamente enrolados, os livros nas estantes se desintegrando ao nosso redor, como uma biblioteca só nossa onde dançamos como amantes em duo – às vezes em trios e até em quartetos –, onde poetas e artistas e atores tinham educados e bêbados debates enquanto eu & você fazíamos a corte e às vezes desejávamos que fossem embora logo, para ficarmos sozinhos novamente.

Quando uma vez você veio até mim com esses seus olhos adoráveis e me disse que os amigos e *bons vivants* que enchiam nosso castelo estavam te cansando, fiquei dividido porque nós somos eles, embora eu saiba que há algo em nós que deseja a solidão, a solidão que você conhece bem, querida, a solidão que nos queima por dentro pra que nós possamos amanhecer no dia seguinte e gritar ou gemer ou chorar.

Quando naquele dia você parou ali contra a parede do nosso quarto (porque quando você estava lá era tudo seu também, como posso guardar coisas de você?), fui atingido mortalmente no intestino, sentindo visceralmente tudo enquanto você continuava imóvel, te imaginei em um vestido de gala, um vestido de noiva, minha noiva, esperando seu bobo marido abandonar seus truques e artimanhas, seus amigos, deitar fora o cigarro e deixar o café esfriar e finalmente voltar para a cama, e por favor escrever.

Meu amor, por favor, te imploro, sim, imploro que você dissolva qualquer pensamento de que as suas joias foram desperdiçadas no meu olhar, que meu corpo cansado não absorveu seus sucos e risos como um cão correndo louco e dolorido, sedento por você, não existe uma realidade em que sua forma brilhante e cheia de poesia pudesse ser descartada como lixo por mim – e eu gostaria de poder dizer que não existe uma realidade onde sou capaz de andar para longe da casa em chamas que é a sua alma.

Com a imparcialidade dos sonhos, a cena toda, você, Pirangi, nossa foda fenomenal, tudo foi varrido abruptamente sem vestígio de paixão, e como uma piada cruel estou sentado no meu assento, o livro de Henry do meu lado enquanto balanço duas fatias de pão em cada joelho e cuidadosamente coloco queijo e presunto dentro. Escuto uns sons fracos à minha esquerda e acordo. Sem sanduíche, sem você.

Hoje é quinta, acordei dos sonhos, mas a sonolência é rainha, uma sonolência de poeta abatido. Enquanto te escrevo, a insanidade corre e queima os meus olhos (uso óculos de grau agora, uma cinta para as minhas costas e uma para o meu joelho), sou forçado a considerar meu rosto no espelho: um homem quebrado em tantos sentidos, a tortura de não ter sabido te amar não ajudou a proteger minhas costas enquanto trabalho nas montanhas. Sinto um peso descomunal.

Eu fiz uma bagunça tão grande, em mim, em você, meu único desejo é me tornar sagrado, ser inteiramente consumido pela vida pra quando estiver no ventre do mundo dizer que sou o último homem da Terra, o touro, o peixe e a lua. No fundo o que quero dizer é: *I'll be your Henry*. Eu serei o seu Henry e isso quer dizer que sou seu, verdadeiramente seu e ao seu lado.

Não vou mentir, pra você ou pra mim mesmo, que não te causei nenhum mal. Por que o silêncio e a distância? Por quê? Dinheiro não é um bom argumento, eu sei, foi mais uma fuga, uma fuga para as montanhas e o trabalho, o Verdadeiro Trabalho, ficar só, escrever, você sabe, e mesmo sentindo uma urgência sem nome de ver de novo a tua

Beleza, razão suficiente pra fazer qualquer homem voltar, mesmo assim um homem pode se perder.

Mel, você e sua forma fluida e mente dançante, você e sua alma iluminando a escuridão e estrelando charme e graça, mesmo com aquele meu bigode que você não gostava, eu me sentia bonito e puro caminhando ao seu lado nas ruas de paralelepípedos de Pirangi, eu sei que estava acordado, mas parecia um sonho.

Ainda sobre sonhos, por longos períodos da minha vida não sonhei, anos até. Você sabe da minha insônia, da minha aversão visceral pelo sono, da minha predileção por café, nicotina, discussões, álcool, alucinógenos, sexo, taurina, adderall & leitura, tudo isso não me permitia sonhar. Como resultado, quando as pessoas tentam me contar seus sonhos eu olho pra elas piedoso ou invejoso, dependendo do dia e da hora.

Ontem cochilei e sonhei com você, de noite dormi e você veio a mim em sonho mais uma vez. Nós estávamos na montanha de novo e caminhávamos através das árvores, mas, em vez de um sexo selvagem e vigoroso, nossos corpos se encontravam macios e lentos, com suaves tons de fogueira seu cabelo se espalhava pelo meu peito e eu inalava profundamente seu perfume, nós nos beijávamos e nossas pernas se roçavam numa dança calma sobre o chão coberto de folhas e fragmentos de lua. Você, Mel, você é o meu sonho.

Nós dois dançando.

Teu, Davi.

● ● ●

Ao terminar de ler, minhas mãos tremem mais que mil terremotos e meu corpo se contrai de dor e guerra, choro e sinto os olhos anônimos da sala de embarque se voltarem para mim assombrados, enterro o rosto nas mãos pra me proteger e caio pra dentro de mim num vórtice caótico. Esse era exatamente o e-mail que esperava – nove meses atrás. O seu jeito de escrever, sua poesia lancinante, suas palavras hostis e doces, seu tom autodestrutivo, o Davi que fui esquecendo em nove meses, sinto-o de novo e de novo sinto a saudade como uma espada me atravessando, amo e odeio cada linha, porque em cada palavra leio a sinceridade e grandeza do que ele sente, mas leio principalmente seu atraso. Agora é tarde demais. Agora já encontrei todos os motivos e sentidos e razões de ele não ter voltado, criei novas dramaturgias pra minha história, reintegrei os estilhaços de mim.

Apesar de tudo ainda o amo desesperadamente e a raiva me invade mais uma vez, por que ele reapareceu assim?, só pra me confundir, pra me realocar no labirinto sem esperanças que é amá-lo, sem esperanças porque agora sei que ele está sempre indo embora, ele está fugindo, da própria sombra, da própria felicidade, enquanto eu estou correndo em direção a elas, a sombra & a felicidade, porque agora sei que não existe uma sem a outra, não existe felicidade verdadeira sem coragem de olhar pra sombra, sem cuidar do que está ferido. Tenho uma pequena revelação, pequena e imensa ao mesmo tempo: eu quero ser feliz e estou disposta a ser feliz. Se isso significa encarar minhas sombras, fazer decisões difíceis, encarar vazios e andar sobre meus próprios pés, que assim seja.

Respiro fundo. Ligo de volta pra ele.
– Leu?
– Li.
Pausa.
– Você é um escritor do caralho, Davi.
– Tenho uma musa inspiradora incrível.
Puxo o ar com mais força.
– Isso foi a primeira coisa que escrevi em muito tempo, Mel. A primeira coisa decente.
– Tenho certeza de que não.
Silêncio.
– Eu menti pra você, Davi.
Ele emudece e espera.
– Disse que não ia tentar te salvar, mas era mentira. Eu tava tentando, sim.
Ele suspira aliviado.
– Que susto, Mel. Por um momento pensei que você ia dizer que não me amou tanto assim, que não me ama mais, sei lá. Mel, não posso continuar aqui na montanha. Mal consigo me mover. Meus ossos. Você não faz ideia do frio. O chão tá congelado. Dra. Honey me condenou. Fiquei pensando. Pra onde ir. Tem uma fazenda no Chile de uns conhecidos do Will. Sabe meu amigo Will? Enfim, uma fazenda longe da cidade. Sem wi-fi. Eles cuidam da horta e dos bichos e vivem assim. Talvez fosse um bom lugar pra mim. Isolado. Muito trabalho duro. Na terra. Tem também a Venezuela. Li que é barato pra morar. Alguma coisa sobre os impostos. Sobre trocar dólares no mercado *underground*.
Interrompo-o.

– Davi.

Ele se cala.

– Não importa o quanto você fuja. Você nunca vai conseguir fugir de si mesmo.

– *Fair enough.*

Pausa longa.

– Eu te desejo o melhor, Mel. Sei que fudi a porra toda, mas você é o amor da minha vida, penso em você todo santo dia, como algo santo, que me abençoa, sei que você não confia mais em mim e provavelmente é o melhor que você faz, mas só desejo um futuro onde você possa estar nos meus braços mais uma vez.

– Isso foi o que mais desejei desde que a gente se conheceu.

– Nesse tempo agora depois de falar com você, fiquei zanzando pelo quarto feito uma mosca, andando de um lado pro outro, tentei ler, parei, tentei desenhar, beberiquei uma cerveja, fumei o resto do tabaco inteiro. Bolei planos insanos, fiz contas abstratas, deitei de barriga no tapete quente do quarto e pesquisei voos no Google. Encontrei voos num futuro não muito distante que não são muito caros.

– Do que você tá falando, Davi?

– Mel, me ocorreu que tentar definir "amor" e "loucura" é um obstáculo de semiótica, já que um é outro e vice-versa. O que quero dizer é que sou um louco apaixonado *and yes, yes, yes, I know, babe, that train left a while ago*, sei que estou no continente errado, mas quero estar com você e meu coração está cheio.

Ele faz uma pausa pra respirar.

— Chile, amor. Ou Venezuela. O que você acha? — Sua voz tem tom de brincadeira, como se me fizesse uma proposta boba, de ir ali pra outro país como se nada houvesse acontecido, como se ele não tivesse desaparecido por nove meses, como se não existisse esse abismo entre sonho e realidade.

Assisto a um avião decolar. Cheguei aqui duas horas antes do meu voo. Quanto tempo já se passou? Não faço ideia. Inspiro fundo e tenho certeza de que o ar deste aeroporto está rarefeito, tem alguma coisa errada, não devia ser tão difícil respirar. Imagino Davi dourado, seus olhos muito abertos, e meu estômago se revira.

— Não posso, Davi. Não posso ser louca agora, como eu seria algum tempo atrás. Nove meses atrás eu daria três voltas no mundo pra ir atrás de você. Nove meses atrás eu teria aceitado qualquer proposta tua. De preferência uma que envolvesse um vestido branco com cauda de sereia sendo arrastada pela areia e você do outro lado me esperando. Mas você foi embora. E eu fui a pessoa que ficou. Você me fez uma promessa. E não cumpriu.

Freio o impulso de jogar tudo na cara dele mais uma vez.

— As tuas palavras, Davi, isso tudo... É literatura. Sou tua pequena Anaïs apaixonada. Você é meu Henry Miller embriagado. Mas na vida real eu sou a Mel e você é o Davi. Eu estava procurando o amor e você, fugindo dele. Não posso ir até você. Por mais que uma parte de mim ainda queira. Você não me deu o suficiente pra que eu me dê ao luxo de ser louca agora. Nem sei o quanto você me quer de verdade, na realidade e não no sonho. Se você quisesse tanto assim, você sabia esse tempo todo onde eu estava. Você teria encontrado o caminho de volta.

– Pirangi é uma impossibilidade pra mim, Mel. Não posso voltar pra casa do meu pai.

– Eu sei.

O nosso silêncio está mais pesado.

– Tô morrendo um pouco, Mel.

– Por quê?

– Desamparado, tonto, sentindo tua falta, sentindo como se o tempo estivesse me escapando. Ninguém gosta de fuder tudo.

– O tempo está sempre escapando.

– Eu sei. Te amo. Mas acho que não tenho o direito de dizer isso, não agora.

– O amor é sempre bem-vindo, Davi. O amor faz nossos ossos doerem menos.

– *I love that. I feel that.* Te quero sem trégua, mulher linda da terra do além.

– Eu também, Davi. Mas não aguento mais.

Pausa infinita. Escuto a voz metálica e abafada do alto-falante do aeroporto chamando o meu voo.

– Tô no aeroporto. É minha vez de partir.

– Perfeito! Dá tempo, pega outro avião. Vem! – Ele ri, mas escuto a tristeza por trás do seu riso.

Enxugo o nariz e as lágrimas.

– Posso usar os seus e-mails no livro? – pergunto.

– Claro, é tudo nosso.

Essa dor é minha, penso. Escutamos a respiração pesada um do outro.

– Quando duas pessoas se querem, mas não sabem o que fazer, o que fazem? – ele pergunta.
– Não sei, meu bem. Vamos descobrir.
– Eu te vasto, Mel.
– Eu também te vasto, peixinho.

Respiramos juntos uma última vez. Afasto o celular da orelha, olho pra tela piscando, Davi Davi Davi, a ligação contando quarenta minutos entre silêncios e engasgos, a foto dele, ele altar, ele templo, ele longe, ele sem me pertencer, nada além da lembrança e da poesia de tudo.

Aperto o ponto vermelho e assisto à ligação ser encerrada. O avião por trás do vidro frígido decola. Escuto de novo a voz metálica de mulher no alto-falante. Última chamada. Levanto, as pernas bambas, o rosto lavado, o celular na mão trêmula. Sei que vou sentir falta dele como se não houvesse amanhã, mas há. E esse amanhã há de me pertencer – ou melhor, pertencerei a ele quando ele chegar. Caminho até o portão de embarque, as pernas fracas, mas já não me sinto uma criança, esses passos são passos de mulher, de mulher caminhando em direção à solidão, à liberdade, à sua própria história. Não procuro o amor de Davi. Não procuro o amor do meu pai. Não procuro o amor de ninguém. Procuro o meu amor. Por mim mesma, pela vida. Uma coisa eu sei: é preciso ter coragem.

Agradecimentos

Agradeço em primeiro lugar à minha mãe Valeska, mainha, raiz, pilar, minha primeira leitora e apoiadora. Aos meus irmãos Lucas, Manuela e Júlia. Ao meu pai Antônio, pela cura através do amor. Agradeço às amigas e amigos que leram, acreditaram e me apoiaram nas lágrimas e alegrias: Paula Medeiros, Ana Carla Figueiredo, Analuzia Lemos, Cris Iglesias, Ananda Soncin, Manuella Kury, Lucília Albuquerque. Mylena Sousa, Paulo Fuga, Ará Silva, Juão Nyn, Saulo de Sousa. Arlindo Bezerra e Rodrigo Menezes. Agradeço à Raiza, Ian e Guilherme, por todos os encontros e desencontros. À Gilvana Dias, pelo trabalho e parceria tão amorosa. À minha família Cecília, Joana e Renan. Ao meu amor Daniel, que não só aguenta me ver viver, mas com quem aprendo sobre amar sem desespero e sem me perder. Agradeço ao meu editor Mateus Duque Erthal, por ter acreditado neste livro. Agradeço a todas e todos que de alguma maneira enriqueceram minha vida e enviaram carinho pra que este livro se realizasse. A mamãe Oxum, por ter abençoado essas águas.

Saiba mais sobre os projetos da autora:

Fique por dentro
dos lançamentos
do selo Essência:

**Acreditamos
nos livros**

Este livro foi composto em Fairfield LT Std e impresso pela Gráfica Santa Marta para a Editora Planeta do Brasil em fevereiro de 2022.